ぼくが
スカートを
はく日

Gracefully Grayson

エイミ・ポロンスキー 著
西田佳子 訳

Gracefully Grayson
ぼくがスカートをはく日

物語を信じる力を持つ、ベンとエラに

絵　まめふく

ブックデザイン　名久井直子

第１章　鏡に映る、ぼく

1

三角形を描《か》いて、そのてっぺんに丸を描く。それだけなら、ドレスを着た女の子だってことはだれにもわからない。丸の上に半円形を描きたせば、髪《かみ》の毛になる。ここまでなら、人に見られてもだいじょうぶ。ただ適当に図形を描いているようにしか見えないから。

三年生のとき、だれにも気づかれずにお姫《ひめ》様の絵を描く方法を思いついた。それから三年以上、ノートの余白に同じものばかり描いている。黒板を見た。フィン先生が板書している。あれを全部書きうつしたら、ノート一ページがまるまるうまってしまいそうだ。あんなにたくさん板書する先生は、ほかにいない。けど、そんなことは気にならない。人文学は今日一日の中でいちばん好きな科目だし、ノートをとりながらだって絵は描ける。もうひとつ、三角形を描いた。その上に丸を描いて、半円形の髪をつける。はじめて見るようなつもりで、その絵をながめてみた。これがお姫様の絵だってことを、だれにも見ぬかれないだろうか。いや、だいじょうぶ、これならただの図形だ。

使っているのは、ラメ入りのペン。ただし、シルバーだ。バックパックには、ゴールドのも入っている。紫《むらさき》やピンクのも持っているけど、家の机の引きだしの中に、ほかの色鉛筆《えんぴつ》やペンといっしょにしまってある。シルバーやゴールドのペンのことでだれかになにか言われたら、体育館に落ちているのを拾ったとかなんとか言うつもりだ。きっと、これくらいならだれにもなにも言われないと思う。

ドレスをきらきらのシルバーでぬって、顔に大きな目とにっこり笑った口を描きたい。髪はつやつやのロングヘア。けど、絶対に描かない。男の子がそんなことをしたら、おかしいから。目をぎゅっと細めて、お姫様の姿を好きなように想像してみた。でも、見えるのは銀色のりんかくだけ。片手でほおづえをついて、窓の外に目をやった。

大きなトラックが道路を疾走《しっそう》する。市バスがクラクションを鳴らして角を曲がっていく。体育のフランク先生が、低学年の子たちをサッカー場に連れてきた。みんなが芝生《しばふ》の上をスキップしたり走ったりしはじめた。その向こうに見えるのはシカゴの高層ビル街だ。木々の葉は黄色や赤に変わりはじめたけど、空気はまだ夏のようだ。

教室の中はやけに暑い。あざやかな黄色のバスケ用短パンが、太ももにはりついている。前髪を横に流して、ヘッドバンドの位置を調節した。

フィン先生は最高。人文学の授業がフィン先生でよかった。人文学のもうひとりの先生は、テル先生。たぶん九十歳くらいの女の先生で、すごく評判が悪い。いとこのジャックは去年、テル先生の授業でよくしかられていたそうだ。「授業がつまらないからだよ」とジャックは言っていたけど、ジャックはこのごろ、どの先生にもしかられてばかりだし、口から出るのは乱暴な言葉ばかりだ。

視線をノートにもどしたとき、フィン先生がアンソニーを当てた。「教科書の、ホロコーストについて書かれているところを音読しなさい」と言っている。

家に置いてあるスケッチブックを思いうかべた。机のいちばん上の引きだしにしまってある。いつも、お城や風景を大きく描《か》いて、人間を小さく描くことにしている。だから、王様とおきさき様のことも、ブロンドのお姫《ひめ》様のことも、だれにも気づかれないだろう。お母さんは絵描きだった。息子《むすこ》がスケッチブックやノートの端《はし》に描く絵を見て、どう思っていたのだろう。お母さんがぼくくらいの年のころは、どんな絵を描いていたのだろう。

お母さんがぼくのために描いてくれた絵が一枚ある。木々に囲まれた広い野原にいろんな動物がいて、にこにこ笑っている。ようやく明るくなりはじめた空のてっぺんには、赤と黄色と青の鳥が一羽いて、さらに高く舞《ま》いあがろうとしている。ぼくは毎晩、その絵を――とくに、その鳥を――見つめて眠《ねむ》りにつく。朝も、目覚めるとすぐ、その鳥を見る。

フィン先生が、ホワイトボードにヨーロッパの地名をいくつか書いている。ぼくはノートのページをめくった。「ヨーロッパ各地に、命がけでユダヤ人たちをナチの迫害《はくがい》から守ろうとする人たちがいた。その人たちのことを考えてみよう」フィン先生はそう言うと、机の端に腰《こし》かけて、みんながノートをとるのを待った。

書きおわると、ぼくは顔を上げた。フィン先生の表情は、いつものようにリラックスしている。白いワイシャツを黒いジーンズのウエストにきっちり入れて、ホワイトボード用の赤いペンを持っている。

「これらの人々は、地下活動組織《レジスタンス》との関わりを秘密にしていた」〝秘密〟という言葉を強調して言うと、ホワイトボードのところにもどって、いちばん上にその言葉を書いた。

ぼくはお姫様をもうひとり描いて、まわりをジグザグの線で囲んだ。

「すごく大きな秘密をかかえているとき、人はどんな気持ちになるんだろう。命に関わるような重大な秘密をかかえていて、それを友だちにも近所の人にも、おそらく家族にも打ちあけられないとしたら？」

フィン先生の話を聞きながら、ぼくは体をかがめて、バックパックからゴールドのラメ入りペンを取り出した。先生の質問を聞いて、ホロコーストのことなんか、すっかり忘れてしまった。思い出したのは小学校低学年のころのこと。休み時間には、いつもひとりで階段に座って、みんなが遊んでいるのをじっとながめていたものだ。ジグザグの円をゴールドのラメで囲んだ。円の中心にお姫様がいる。すごくきゅうくつそうだ。

壁《かべ》の時計がチクタク音を立てている。うしろのだれかが、せきをした。聞こえる音はそれだけだ。

「グレイソン？　どう思う？」

とうとう当てられてしまった。答える生徒がひとりもいないと、フィン先生はいつもぼくを当てる。きっと、必ずなにか答えるからだろう。

「どう思う？　来る日も来る日も、おそろしい秘密をかかえて暮らしていかなければならないとしたら？」

落ちついて答えようとした。人文学の授業では、ぼくはいつも落ちついている。でも、今日はちがった。心臓がどきどきしている。どうしよう。ノートに視線を落とした。

「ええと、ほかの人たちとはなるべく関わらないようにすると思います。そのほうが安全だから」やっとのことでそう答えた。

フィン先生は、まだ黙《だま》っている。ぼくにもっと話してほしいみたいだ。早くほかの子を当ててくれればいいのに。

「もう少し具体的に話せるかな？」先生が言う。

ぼくはもう一度ヘッドバンドを直した。汗《あせ》を吸って湿《しめ》っている。

「ええと、なるべく人を避《さ》けて暮らすと思います。でないと、秘密をうっかりしゃべってしまうかもしれないから」質問するみたいに、語尾《ごび》を上げてしまった。耳が真っ赤になっているのが自分でもわかる。髪《かみ》を下向きに寝《ね》かせて耳をかくした。

教室はしんとしている。ぼくはラメ入りペンを見おろした。沈黙《ちんもく》が永遠に続くような気がする。

「いいだろう」フィン先生がようやくそう言った。さらに一瞬《いっしゅん》置いてから言う。

「おもしろいな。だれか、ほかに意見はないかな。グレイソンの話を聞いてどう思った？」

ぼくはフィン先生の視線を避けて、教室を見まわした。幼稚《ようち》園のときから知っている顔が、たくさん並んでいる。一瞬、顔ではないものに気をとられた。ヘイリーの頭に一本だけ作られた細い三つ編み。そのいちばん下につけられた、ハート形の小さなヘアクリップ。ミーガンの机の横に置かれたピンク色のバックパック。ミーガンの机は、つやつや光ってすごくきれいだ。

それから頭を切りかえて、クラスメートをひとりひとり観察した。乱暴者のライアンは、通路をはさんでぼくのとなりの席にいる。こっちをふりかえったので、ぼくは目をそらした。反対どなりにいるのはライラ。長い褐色《かっしょく》の髪をねじって、おだんごにしている。おとなしそうに見えるけど、クラスの女子のまとめ役みたいな女の子だ。アミリアの顔が目に入った。先週来たばかりの転校生だ。六年生なのに、高校生みたいに大人っぽい。赤い髪を長くのばしていて、その先端《せんたん》が大きな胸にかかっている。アミリアがゆっくりと手を挙げた。

緊張《きんちょう》しているようだ。なんだか気の毒になってしまう。学年の途中《とちゅう》で転校してくるのは大変だろう。とくにこの学校は、生まれてからずっと同じところに住んでいる生徒が大半だ。

「わたしだったら、逆に、友だちをなるべく増やそうとすると思います」フィン先生に指されたアミリアが、おだやかな口調で言った。

「みんなを避《さ》けていたら、あやしまれるかもしれません。だからみんなと同じようにして、目立たないようにすると思います」そばかすのある白いほおが、ピンク色になっていた。

「つまり」とフィン先生が言った。

「グレイソンのように他人を避けようとする人もいれば、アミリアのように、あやしまれるのを避けるために積極的に他人と交わろうとする人もいるということか」

ホワイトボードの〝秘密〟という言葉の横に〝孤立《こりつ》／融和《ゆうわ》〟と書いた。あわてて書いたのか、字がななめになっている。

時計を見た。もう授業が終わる。早く次の教室に行きたい。急いでノートをとっていると、ベルが鳴った。みんなといっしょに立ちあがった。

「では、明日はここからだ」フィン先生は、みんながノートを閉じる音に負けないように声をはりあげると、ぼくのほうを見た。ぼくは足元に視線を落としたまま、ろうかに出た。

2

放課後は、いつものように、さっさと校舎を出た。学校に残って課外活動やスポーツをする子もたくさんいるけど、ぼくはそういうのはやらない。低学年のころ、エヴァンおじさんもサリーおばさんも、先生たちも、ディベートクラブか少年合唱団に入ったらどうかとしつこく言ってきた。けど、そのうちあきらめて、放っておいてくれるようになった。人前で、ディベートなんてやりたくないし、もし声に自信があったとしても、少年合唱団なんて絶対に入りたくない。

バス停に向かって歩きながら、あたりを見まわした。道路はがらんとしている。学校の外はすごく静かだ。ようやく緊張がほぐれる。いとこのジャックは、この学期はフットボールをやっているし、ジャックの弟のブレットは、二年生のクラスメートたちといっしょに学童保育室に行く。だからふたりとも、すぐには帰らない。ありがたいことに、60番のバスに乗るのは、学校の中ではうちの家族の三人だけ。ジャックとブレットが学校に残るときは、ぼくひとりでバスに乗れる。ほかの乗客は知らない人ばかりだ。

黄色いTシャツの背中が、汗《あせ》でぐっしょりぬれている。木かげのベンチの端《はし》に、おしりをひっかけるようにして座った。背中には巨大《きょだい》なバックパック。学校に置いていけばいい教科書も、いつも全部持ちかえることにしている。そのぶん早く校舎を出られるから。目を細めて太陽を見た。頭では、レジスタンス運動のことをぼんやり考えていた。

シカゴの通りがぼやけて見えなくなる。頭の中に、ひとりの女の子が現れた。年はぼくと同じくらい。ぼくが両親と住んでいる小さな家の地下で、ひっそり暮らしている子だ。真っ暗な空間で、よごれた毛布にくるまって寒さをしのいでいる。夜中、町全体が眠《ねむ》りについたころ、ぼくは両親の目を盗《ぬす》んで地下室のドアをたたき、着るものや古くなったパンを分けてあげる。女の子はやせていて、寒そうだ。黒い瞳《ひとみ》に見つめられて、ぼくは灰色のウールのワンピースを貸してあげた。

「グレイソン」という控《ひか》えめな声が聞こえて、はっとして顔を上げた。アミリアがベンチのすぐそばに立っていた。黒い瞳がぼくの目をとらえる。

「60番に乗るの？」

あわてて立ちあがると、肩《かた》がアミリアの胸にぶつかってしまった。

「ごめん」ぼそっと謝る。アミリアはちょっとうつむいて、一歩下がった。

「うん。そっちも？」ちょっと不安な気持ちで聞いた。

アミリアのほおが、またピンク色になった。「ええ。うち、ランドルフ・ストリートの端《はし》っこにあるの。湖のすぐそば」

「へえ。何番地?」

「うち、道路をはさんで向かいだよ」ぼくは答えた。うちのダイニングの窓からアミリアの住んでいる建物が見える。

「ランドルフ・ストリート125よ」

「わあ、すごい。わたし、バスに乗るのがはじめてなの。いままではママが送りむかえしてくれてた。新しい学校に慣れるまでってね。やさしいでしょ。感謝しないといけないんでしょうけど……」

とげのある言いかただった。アミリアは顔にかかった赤毛を指でどかした。生ぬるい風がふいてくる。さっきより気温が上がったみたいだ。そのとき、60番のバスがやってきた。

なんて答えたらいいのかわからず、作り笑いを返してから、バックパックのポケットに入れていた定期券を取り出した。アミリアはメッセンジャーバッグのファスナーを開けて、小さな小銭入れを取り出した。いかにも新品という感じの定期券が入っていた。ステップに上がり、空席に向かう。バスが動きだした瞬間《しゅんかん》、アミリアがふらついて、ぼくのとなりに腰《こし》をおろした。ぼくは窓の外に目をやった。車やトラックが通りすぎていく。

乗っている時間はほんの少しだ。あっというまに家のそばに着く。視界のすみにアミリアの顔が見えた。こちらを見ている。きっと新しい友だちを作りたいんだろう。ひとりぼっちでいたい子なんかいない——なにか事情があれば別だけど。

「うちの学校、どう？」

アミリアがほっとしたような顔をした。

「だいじょうぶ。まだわからないけど、前の学校とあまり変わらない感じ。いまのところはね」

ぼくはうなずいた。「どこから来たの？」

「ボストン。お母さんが昇進《しょうしん》して、こっちに来たの」

「ふうん」ぼくはアミリアの手を見て、なんて答えたらいいか考えた。アミリアの手は、つめが全部短くなっている。かんでいるんだ。ぼくと同じ。アミリアの体が縦にはずんで、横にゆれた。道路がでこぼこなせいだ。それから二、三分は黙《だま》っていた。ぼくは窓の外ばかり見ていた。

「次、降りるよ」

バスがようやくスピードを落とした。ぼくたちは立ちあがり、ドアに向かった。ドアが開き、ぼくたちが降りると、また閉まる。

「さよなら、また明日」と言って別れると、アミリアはひとりで歩きだした。

ぼくは通りをゆっくりわたった。ずっと下ばかり見ていた。学校でしかたなくしゃべるのを除くと、二年生のときにここの学校に転校してきてから、いちばん長い会話だったかもしれない。道路をわたりきってからふりかえると、アミリアの背中が見えた。建物の入り口に消えていく。ぼくも家に向かった。

十五階まで上がり、ドアのかぎを開ける。家族はだれもいない。中はすずしかった。エアコンの小さな運転音が聞こえる。自分の部屋に入ってドアを閉め、鏡の前に立った。教科書が、ぱんぱんにつまった灰色のバックパックのせいで、今日も肩《かた》が痛い。自分の姿を見ながら、バックパックをベッドの足元に置いた。

白いヘッドバンドを前髪《がみ》がかくしている。横の髪は、耳がかくれる長さ。風のせいでぼさぼさになっている。ヘッドバンドをはずして、机の上のヘアブラシをつかみ、髪をとかした。またヘッドバンドをして、それを上にずらした。額がむきだしになる。けど、ずっとこうしてるわけにはいかない。ヘッドバンドをはずして、ベッドに思いきり投げつけた。なのに、音はまったくしなかった。鏡を見る。黄土色っぽいブロンドの髪は、量が多くてストレート。目は青。体はすごくやせていて、つやつやした黄色のバスケ用短パンとTシャツが、ひどくだぶだぶに見える。あごの形が前より四角くなってきた。肩幅《はば》が広くなったのも、シャツを着ていてもわかる。両手を見おろした。ジャックやエヴァンおじさんの手に似てきた。ううん、そんなふうに考えるのはやめよう。

　今朝は、もっと女の子らしく見えたのに。鏡の中に、ぴかぴかした金色のロングドレスを着た女の子の姿が見えたのに。いまはまったくの別人。もちろん、頭では理解している。六年生になったときから、これからは日を追うごとにこうなっていくってわかってた。昔は役に立った想像力が、いまは全然役に立たない。着ているのはゴージャスなロングドレスなんかじゃなくて、バスケの短パンとTシャツ。悲しくなってくる。

　頭に血が上ってくるのがわかる。サリーおばさんもエヴァンおじさんも、ここに来たばかりのぼくがひどいかんしゃく持ちだったと言っていた。カーテンを引っぱってはずし、いすを壁《かべ》に投げつけ、こわせるものはなんでもこわしたそうだ。ただし、例外はあったようだ。古いおもちゃや絵が、本だなに並んでいる。それだけは大切にしてきた。

　あのときの感情が、またわきあがってきた。なにかを鏡に投げつけてやりたい。ぼくの姿が粉々のかけらになって、床《ゆか》に飛びちるだろう。けど、できなかった。鏡の前に立って自分の姿を見つめ、必死で深呼吸した。がまんしなきゃだめ、と自分に言いきかせた。

　その場でゆっくり一回転した。幅《はば》の広い短パンが横にふくらむ。でも短パンは短パン。希望がしぼんだ。また回転した。上品なお姫《ひめ》様ではなく、たつまきみたいにぐるぐる回った。目まいがするし、気持ち悪い。けど、かまわず回りつづけた。すると、ようやく魔法《まほう》使いが杖《つえ》をひとふりしてくれた。何年も前からおなじみの魔法がかかると、ぼやけた視界の中で、黄色い服が金色のドレスになった。

深呼吸をした。魔法がすぐに消えてしまうことはわかっていた。目に涙《なみだ》がこみあげる。机の前に座り、いちばん上の引きだしを開けた。お城の絵は完成直前だ。灰色の色鉛筆《えんぴつ》をけずると、スケッチブックにかぶさるようにして、白いスペースに影《かげ》をつけはじめた。庭に王様とおきさき様が手をとりあっている姿を描《か》いた。そして、お城のいちばん高いところにある窓に、目をこらしても見えないくらい小さく、ブロンドのお姫様を描いた。

とつぜん、部屋のドアがバンと開いて、ジャックが入ってきた。ぼくは、あわててスケッチブックを閉じた。いつのまに帰ってきたんだろう。玄関《げんかん》の音なんか聞こえなかったのに。

「めしの時間だぞ。マヌケやろう」

ぼんやりと立ちあがった。ぼくはシンデレラ。意地悪なところに付きしたがうようにしてダイニングに向かう。自分だけに見える、金色のドレスを着て。

3

おだやかな十月が終わりを告げ、なんのおもしろみもないシカゴの十一月がはじまった。ふいたばかりの窓の外に見える枝に、木の葉がまだ少しだけ残っている。燃えるようなオレンジ色や赤や黄色が、灰色がかった白い空に映えている。枝から炎《ほのお》がしたたろうとしているみたいだ。絵を見ているような気がしてくる。

ぼくは机に向かって、ノートの余白にいたずら書きをしていた。

「今日から新しい本を読む」というフィン先生の声が聞こえる。顔を上げると、興奮した顔のフィン先生が、本の山を本だなから教卓《きょうたく》に移しているところだった。

「また感想文を書くの？」ライラが声を上げて、教室を見まわした。みんなが自分を見ているのか、確かめているんだろう。ほぼライラの期待どおりだった。

「いい質問だね、ライラ」フィン先生はにっこりした。「もちろんだよ！」

クラスのほとんど全員が不満そうになった。

ぼくの前の席のミーガンが、細くて黒い髪《かみ》を耳にかけて、ライラをじっと見た。ライラはまだみんなの顔を見まわしている。ミーガンはライラのことが気になっているようだけど、おもしろくない、と思っているのかも。ミーガンとライラはずっと前からすごく仲良しだったのに、その瞬間《しゅんかん》わからなくなった。ミーガンはライラのことをどう思っているんだろう。「読みながら、いろんなことを話しあっていきたい」フィン先生が続ける。「今日からはじめるぞ。みんな、ふたり一組になりなさい。この学期が終わるまで、そのペアで勉強を進める。せっかくだから席がえもしようか。ペアを組んだら、机を並べて座ることにしよう！」

ぼくはさっと顔を上げたけど、すぐにうつむいた。手が汗《あせ》でじっとりする。

「さあ、全員起立！　パートナーを探せ！　ふたりの机をくっつけたら、縦横きれいに並べてくれよ」フィン先生が声をはりあげる。教室全体が、がやがやうるさくなっていた。お菓《か》子《し》入りの人形をだれかがこわして、散らばった中身をみんなで探しているみたいだ。けど、ぼくはちがう。ぼくはゆっくり立ちあがっただけで、その場から動かなかった。だいじょうぶ、なんとかなる！　さけびたかったけど、ただじっとしていることしかできなかった。

同じ経験を何度もしている。この学校の先生はいつも、生徒をふたり一組にしたり、グループを作らせたりする。だから、どうしたらいいかはわかってる。じっとしていればいい。みんな、必死になってパートナーを探している。でも、なにもしないで待っていれば、そのうち先生が声をかけてくれる。ケリーかマイケル、あるいはほかの子かもしれないけど、あぶれた子をあてがってくれる。

教室の奥《おく》のほうで、ライアンがセバスチャンに手招きをした。ヘイリーとライラはもう机をくっつけて、なにか笑っている。教室の真ん中にアミリアがいて、不安そうにきょろきょろしている。最近、アミリアとぼくは毎日同じバスでいっしょに座って帰っている。なんだかいらいらしてきた。アミリアはマリアに話しかけて、すぐにうつむいた。顔が赤くなっている。またきょろきょろする。いまにも泣きだしそうだ。

アミリアがぼくのほうに歩いてきた。どうしよう。心臓がどきどきする。こんな展開、いままで一度もなかった。まわりの騒音《そうおん》がいっさい聞こえなくなった。だれかがラジオのボリュームを限りなくゼロまでしぼった感じ。雑音がほんのかすかに鳴っているだけ。急に、自分が自分を見ているような気分になってきた。教室の壁《かべ》に並んだ背の高い木製の本だなの上から、ぼくは、ぼく自身の姿を見ている。見られているぼくは、まわりのようすを見ている。くちびるをかみ、ぎこちない手つきで、大きめサイズの灰色のトレーナーを腰《こし》に巻きなおした。そでをぎゅっと前に引っぱって、腰がしっかりかくれるようにしたけど、前にちょっとすき間ができてしまう。もっと大きいトレーナーじゃないと、スカートみたいにはならない。そのとき、ぼくを見つめるぼくを、もっと高いところからだれかが見ている、そんな気がしはじめた。鳥かごの鳥になったみたいだ。フィン先生に目をやった。先生は教卓《きょうたく》に座って、首をかしげている。ぼくの腰に巻いたトレーナーを見て、それからぼくの目を見た。

ドン、と床《ゆか》に着地したみたいに、ぼくは元の自分にもどった。アミリアが目の前に立っている。まわりの音も聞こえるようになった。机やいすをひきずる音が耳ざわりだ。

アミリアが不安そうに聞いてくる。「グレイソン、パートナーは決まった？」

「ううん」なんとか声を出した。

「じゃあ、わたしと組まない？」アミリアが早口で言う。

断る理由を思いつかなかったので、うなずいた。「うん、いいよ」

机を引っぱって、教室のいちばんうしろに移動した。ライアンとセバスチャンのうしろだ。フィン先生は教室中を飛びまわりながら、この机はあと十五センチこっちに、この机はあっちに、と指示している。ぼくは髪《かみ》を整えて、自分のつめを見た。アミリアの視線を感じる。

「ランチタイム、どこに行ってるの？　姿が見えないけど」アミリアが教室の騒音に負けないくらい大きな声で言ったので、ぼくはどきりとした。「時間割がみんなとちがうとか？」

前にいるライアンとセバスチャンがにやにやしてふりかえった。セバスチャンが、ずりおちた眼鏡《めがね》を直しながら言う。「図書室で食ってんだよ。三年生のときからずっとそうだよな」

ぼくは表情を変えないようにして、アミリアを見た。

「そう」と答えるアミリアの顔は赤い。

「こいつだけ宿題が多いんじゃないのか？」ライアンがうすら笑いをして言った。「先生たちに嫌《きら》われてるもんな。こいつ、変人だからさ」ぼくはつめに視線を落とした。

フィン先生が教室の前にもどって、席がえしたばかりのみんなに声をかけた。ライアンとセバスチャンが前を向く。ぼくは横目でアミリアのようすを見た。ほおがピンク色にもどっている。視線はまっすぐ前。

「あと一分か」全体が静かになると、フィン先生が言った。「本を配る。今夜、第一章から三章まで読んでくるように」各列の人数を数えながら、手早く本を配っていく。

セバスチャンが本を二冊、ふりかえりもせずにぼくたちに回してきた。ぼくが一冊をアミリアにわたすと、アミリアはそれをバックパックに入れた。ぼくも同じようにした。

ベルが鳴った。ライアンとセバスチャンがはなれていくのを待って、アミリアはぼくのほうを向いて、ささやくような小声で言った。

「お昼、ランチルームでいっしょに食べましょうよ。わたし、五時間目がランチタイムよ」

ふいに、二年生のときのことが思い出された。エマが転校していく前、ランチルームのすみのテーブルで、いつもいっしょにランチを食べていた。ぼくはアミリアの丸い顔と、ほおにできたえくぼを見た。

自分が自分でなくなるような感覚が、ふたたび襲《おそ》ってきた。

「いいよ」自分をコントロールすることができない。「そうしよう」

4

ランチルームには、ずっと足を踏《ふ》みいれていなかった。なんてさわがしいんだろう。全校生徒が集まってきているみたいだ。やっぱり来なきゃよかった。みんな、体をくっつけあうようにして座って、テーブルに身を乗りだしている。茶色いランチの紙袋《ぶくろ》を持って、立ったり座ったり笑ったり。温かい料理も、古くなったサンドイッチも、いやなにおいしかしない。気分が悪くなってくる。七年生が固まって座っているところに目をやった。ジャックの顔をすばやく探したけど、見当たらない。よかった。

ランチルームの天井《てんじょう》は高くて、壁《かべ》の三面には細長い窓が並んでいる。外の光が注ぎこんで、まぶしいくらいだ。騒音《そうおん》は無数のピンポン玉みたいに、床《ゆか》や天井や窓やテーブルに当たってては、はねかえってくる。

入り口に立ったまま、動けなかった。ほんとうに気分が悪い。ジャックは、どこだろう。バックパックのストラップが肩《かた》に食いこんで、痛い。もういやだ。図書館に行こう。ふりかえって一歩足を踏みだしたとき、アミリアとはち合わせした。

「よかった、来てくれたのね⁉　こっちよ」アミリアはぼくの前に立って、ランチルームに入っていった。ぼくはもう一度あたりを見まわして、アミリアについていった。

左右のテーブルをチェックしながら、真ん中の通路をずんずん歩いていく。ようやくアミリアが足を止めた。ランチルームの奥《おく》のほうに、人の少ないテーブルがあった。ライラ、ミーガン、ハナ、ヘイリーの四人が、テーブルの真ん中あたりに固まって座り、紙袋《ぶくろ》と中身をテーブルに広げている。「ここにしましょ」アミリアは早口に言うと、バックパックをテーブルの端《はし》におろした。「ランチは？　買ってくる？」

ぼくはそこに腰《こし》をおろして、バックパックのファスナーを開いた。

「ううん、持ってきた」昨夜サリーおばさんが用意してくれた茶色い紙袋を取り出す。

「わたしもよ」アミリアはピンク色の袋を取り出した。「ここの料理、食べる気になれないんだもの」そう言って、四人のクラスメートのほうにさっと目をやり、視線をぼくにもどした。ぼくもそっちを見た。けど、四人は食べながらおしゃべりをしているだけだ。

「だよね」ぼくは軽くにこりとした。アミリアがサンドイッチを出して、かじるのを見ながら、思った。アミリアはきのう、だれといっしょに食べたのかな。ひとりだったのかも。

からっぽの胃がむかむかしている。二年生まで、ぼくはエマといっしょにお昼を食べていた。ランチルームのいちばん向こうまで見わたすと、ガラスのドアのそばのテーブルに、八年生の男子が何人か座っている。ぼくたちがいつも座っていた場所だ。その向こうには、だれもいない校庭。その間の空間をながめながら、エマとおそろいで作ってつけていた、カラフルな毛糸のブレスレットのことを思った。エマはいつも、シャツのすそをジーンズにしっかり入れて、ジャングルジムにさかさまにぶらさがっていたっけ。ぼさぼさになったエマのブロンドの髪《かみ》と、前歯のない口元が目にうかんで、思わず笑顔になった。

ぼくがここにいるのは、なんだか場ちがいな気がする。人がいっぱいで、さけび声や笑い声がひびきわたっているような場所は、居心地が悪い。けど、心のどこかで、フロリダに行ってしまった――いまもそこにいるかどうかはわからない――エマのことを思い出せてよかった、とも思っていた。エマ、元気にしてるかな。

サンドイッチをゆっくり食べながら、アミリアとなんの話をしたらいいか考えた。アミリアはまわりを気にしている。いくつかのグループを作って座っている六年生たちをちらちら見ている。また、ライラとミーガンとハナとヘイリーを見た。今度は笑みをうかべている。ぼくもそっちを見た。ライラが手をふってくれている。

アミリアはうれしそうに笑うと、ぼくをふりかえって、サンドイッチをもうひと口食べた。

「フィン先生、パートナーを自分たちで選ばせてくれるのがいいわよね」と口をいっぱいにしたまま言う。「前の学校は全然ちがってた」

「うん」ぼくは答えて、紙袋から水筒《すいとう》を取り出した。

「フィン先生の授業はいつもああいう感じだよ」

「よかった！」アミリアはプレッツェルを食べはじめた。

それからボストンの話をしてくれた。前の学校では友だちがすごくたくさんいたそうだ。

アミリアといっしょに、大きなシャボン玉に包まれてしまったような気がした。まぶしい光も、さわがしい話し声も、いやなにおいも、シャボン玉がはねかえしてくれる。

アミリアの話が終わる前に、ランチルームの指導員がやってきて、ガラスのドアのところに並べと言った。もう六時間目がはじまる。なんだか、みょうな感じだ。ぼくがずっと図書館でお昼を食べていた間も、みんなの学校生活はこうやって毎日くりかえされていたんだ。ぼくがいてもいなくても関係ない。やっぱりここに来ないほうがよかったのかな、と思いながら、二重ドアのほうに歩きだした。


放課後、アミリアが来るのをバス停で待っていた。三分ほど遅《おく》れてやってきたアミリアといっしょに、60番のバスに乗る。このごろは、ふたりで座る座席までいつも決まっていた。

「放課後はなにしてるの？」ぼくはとうとつに聞いて、窓の外に目をやった。アミリアの反応を見るのがこわかった。

アミリアのようすは変わらなかった。

「べつになにも。テレビを見て、宿題をやって。お母さんが帰ってくるのは六時くらいかな。それから夕食」

大理石の高級そうなマンションにいるアミリアの姿を想像して、なんだか気の毒になった。さびしいんだろうな。そう思って、アミリアの目を見た。さびしいという気持ちが表れているかもしれない。

「お父さんは？」

「ボストンの郊外《こうがい》にいるわ。前は週末ごとに泊《と》まりに行ってたんだけど、こっちに来てからは、わたしたちが夏休みの間だけ行くことになってる」数学の宿題のことでも話すような、淡々《たんたん》とした口調《くちょう》だった。

「お父さんのこと、好き？」

「わたしとふたりでいるときはね。でも、新しい奥《おく》さんが最悪。娘《むすめ》がふたりいるんだけど、神経質でたまんない。はたから見れば、非の打ちどころのない子たちなんでしょうけど」アミリアは早口になっていた。

「五歳《さい》と七歳。すっごく生意気。奥さんは陰気《いんき》で性格が悪いの。三人とも大っ嫌《きら》い」かみつづけてじゃまになったガムをはきすてるように、最後のひとことを言った。

「そう」ぼくはアミリアを見た。バスがはずんで、アミリアの体もはずむ。アミリアのジーンズはちょっと流行遅《おく》れな感じだ。上着は濃《こ》いピンクのフリース。腕《うで》組みをして、なんだか自分を守ろうとしているみたいだ。非の打ちどころのない子どもたちがおそろいの服を着ているところを想像してみた。アミリアは自分だけがのけ者にされているように感じているんだろう。その気持ちはわかる。ぼくは窓の外を見て、目をぎゅっとつぶった。

ランチルームにいた子はみんな、何人かで固まっていて、自分たちだけの内緒話《ないしょ》でもしているみたいだった。ぼくは深呼吸をして、アミリアのほうに視線をもどした。

「あのさ、今週末、買い物でも行かない？　レイク・ビューに大きな古着屋があるんだ。このところずっと行ってなくて」

アミリアは一瞬《いっしゅん》ぽかんとして、首をかしげてぼくを見た。興味を持ったみたいだ。でも誘《さそ》われたのは意外だったんだろう。

「え、いいの？」

「もちろん！」なんだかわくわくしてきたけど、落ちついて答えた。

「昔、シッターさんがよく連れてってくれたんだけどね。ほんとうに、長いこと行ってないなあ。冬の服を見ようと思ってる」

バスの速度が落ちて停留所に停まった。立ちあがってドアまで行くと、道路に飛びおりた。

「いつも、おじさんとおばさんはお金をくれるだけだから、服は自分で買ってくるんだ。ぼくがなにしていても気にならないのかな」そんなことを口にしてしまって、自分でも驚《おどろ》いた。けど、おじさんとおばさんがどう思っているのか、ほんとうによくわからない。

アミリアは足を止めて、ぼくの目を見た。バスが遠くにはなれていく。アミリアは髪《かみ》をかきあげた。「グレイソン、おじさんとおばさんと住んでるの？」

「うん」ぼくは答えて、ポケットに両手をつっこんだ。地面に視線を落とす。アミリアの顔を見られないまま、つづけた。「じゃあね。買い物に行ってもいいかどうか、お母さんに聞いてみて。明日の土曜日か、日曜日でもいいよ。わかったら電話して。クラスの名簿《めいぼ》、持ってるよね」

「ええ」と答えたアミリアは、まだぼくの顔をまじまじと見ているにちがいない。青信号が点滅《てんめつ》しはじめたのに気づいて、ぼくはかけ足で道路をわたった。大きなバックパックが急にいつもより重く感じられた。だれかに両肩《かた》をつかまれているみたいだ。走ると背中にドスンドスンとひびく。このブロックの向こうはもう湖。湖面をわたってくる風が強くなった。高層ビルの間をふきぬけて、救急車のサイレンみたいな音を立てる。角まで行くとふりかえり、ぼさぼさになった長い前髪をすかしてアミリアを見た。さっきと同じところに立っている。ゆっくり手を上げて、小さくふってくれた。ぼくはにこっと笑うと、きびすを返し、家に向かった。

5

だれもいない自宅に帰り、まっすぐ自分の部屋に入った。バックパックをベッドに放りなげ、鏡に映った自分を横目で見る。黒いジーンズはジーンズだし、ぶかぶかの長そでTシャツはTシャツだ。今朝は、やっとのことでワンピースにレギンスの女の子が見えたと思ったけど、朝食を食べおわるころには、もうどこかに行ってしまった。部屋のドアを音を立てて閉め、キッチンにシリアルを取りに行った。この年になると、想像力だけじゃどうしようもないんだ。自分にそう言いきかせた。

鏡に映っていてほしかった女の子の姿を頭から追いだして、アミリアとの会話を思い出した。電話、かけてきてくれるかな。また友だちができるかもしれない。ひさしぶりに、エマの家の記憶《きおく》がよみがえってきた。リビングにすごく大きな木製のテーブルがあって、お母さんの作ったランチを、よくそこでごちそうになったものだ。ピンク色のプラスチックのお皿に盛りつけられたマカロニチーズ。四角い紙パックのジュース。体がむずむずしてきた。自分の体じゃないみたいな感じだ。ふるえが走る。友だちなんて、作らないほうがいいんだろうか。

シリアルを持って部屋にもどった。鏡は見ないようにした。スケッチブックと色鉛筆《えんぴつ》を取り出して、描《か》きかけのお花畑の絵に向かった。たくさん並んだ茎《くき》の上にお花を描いていく。全部ちがう種類のお花だ。お花畑の真ん中に女の子をふたり描こうか。そう思ったとき、玄《げん》関《かん》のドアが開く音がした。ジャックとブレットの声が聞こえる。スケッチブックを引きだしにしまって、バックパックから数学の教科書を出すと、宿題に取りかかった。時計を見る。サリーおばさんとエヴァンおじさんがもうすぐ帰ってくる。

ノックの音がしてドアがちょっと開き、ブレットが頭をつっこんできた。

「ねえ、グレイソン。なにやってるの？　見せたいものがあるんだけど」

「へえ、なんだい？」ぼくは鉛筆を置いた。ブレットが近づいてくる。

鼻と鼻がくっつきそうなくらい近づいてから、ブレットが口を開いた。

「なんだと思う？」と口をものすごく大きく開けながら言う。「わかる？」

口の中をのぞきこんだ。「一本抜《ぬ》けたね」

ブレットはにやっと笑って、ポケットから小さな赤い宝箱を取り出した。ふたを開けてぼくに見せる。ぼくも小さいころ、学校の保健室に行って、同じようなのをもらった記憶がある。「すごいね」抜けた歯は気持ち悪かったけど、そう言った。「大事にしなよ」

「うん」ブレットはプラスチックのケースをパチンと閉めた。それをポケットに入れて、ぼくの本だなに近づく。「見ていい？」

ぼくがうなずくと、ブレットは古い茶色のテディベアを手に取った。緑色っぽい小さいのもある。両方を持って、ベッドに飛びのった。

「ジャックは？」ぼくが聞くと、ブレットは黙《だま》って肩《かた》をすくめ、茶色いベアが着ているTシャツを整えた。たぶんジャックは、ソファに寝《ね》そべって目を閉じ、音楽でも聴《き》いているんだろう。

ぼくが数学の問題を解いている間、ブレットはベッドで遊んでいた。そのうち、玄関から物音が聞こえた。続いて、キッチンで夕食を作る音。エヴァンおじさんがジャックに「宿題はないのか？」と話しかけている。サリーおばさんが、テーブルに食器を出してちょうだい、とかなんとか言っている。

ブレットが二匹《ひき》のベアを本だなにそっともどした。すぐ横にはぼくの古い絵本がある。それからふたりでダイニングに行った。ぴかぴかしたガラスのテーブルに、テイクアウト用の中華《ちゅうか》料理の白い箱が適当に置いてある。エヴァンおじさんが、学校はどうだったとか、宿題はやったかとか、いつもワンパターンの質問ばかり、ぼくたち三人に投げかけてくる。ぼくはブレットのとなりに座った。ブレットは例の宝箱をおじさんとおばさんとジャックに見せて、口を開き、歯の抜《ぬ》けたところを見せびらかしている。

「抜けた歯は枕《まくら》の下に入れておけよ。歯の妖精《ようせい》が来てくれるぞ」エヴァンおじさんがブレットに言うと、ジャックがあきれたように白目を見せた。

「ジャック」サリーおばさんがジャックをたしなめた。

「ブレットの歯が抜けたのはわかったわ。ほかに、なにかおもしろいことはなかった？」期待をこめた目でぼくたち三人を見る。三人とも答えなかった。おばさんの目には疲《つか》れの色が見える。「そういえば、あなた」おばさんは、たったいま思い出したかのように言った。

「フィーリクスの件、わたしの言ったとおりになりそうよ。信じられる？」

「そうだったのか。どういう状況《じょうきょう》なんだ？」おじさんが答える。

ふたりは、そのまま法律関係の話を続けた。その間、ブレットは歯の抜けたところにストローをさして、ぼくにそれを見せながら、牛乳を飲みはじめた。牛乳がほとんどこぼれてしまうので、おじさんにしかられてやめた。ぼくはアミリアのマンションの、床《ゆか》から天井《てんじょう》まである大きな窓と、暗くなってきた空をながめた。

使ったお皿をサリーおばさんが重ねていると、電話が鳴った。ジャックが素早く立って、キッチンにかけこんだ。

「もしもし？」ジャックはそれだけ言うと、電話を耳に当てたまま、ダイニングにもどってきた。にやにや笑っている。

「どちら様ですか?」目をきらきらさせて言う。「少々お待ちください」わざとらしいほどていねいな口調《くちょう》で、歌うように応じる。

電話をまだ耳からはなそうとしない。「グレイソン、カノジョのアミリアから電話だぞ」

ぼくははっとして、「やめてよ」と言うと、電話に手をのばした。ジャックはわたしてくれない。ぼくは助けてほしくておじさんとおばさんを見たけど、ふたりとも、ぼくとジャックを交互《こうご》に見るばかり。びっくりしているみたいだ。

「ジャック、ほんとうにグレイソンにかかってきたのか?」エヴァンおじさんが言った。

ジャックは、にやっと笑った。「うん、マジだよ!」

「じゃあ、なんで代わってあげないの?」ブレットが言ったので、おじさんははっとした。

「そうだ、早く代わってあげなさい」おじさんはそう言っておばさんを見た。おばさんはうれしそうにほほえんでいる。

ジャックはゆっくり腕《うで》をのばした。ぼくは電話をひったくり、自分の部屋に入ってベッドの端《はし》に腰《こし》かけた。

「もしもし」すごく小さな声で言った。

「もしもし、アミリアよ。さっきの、だれ?」

「いとこのジャック。無視して。すっごくイヤなやつだから」

「ホントね。いくつなの？　同じ学校？　わたしのこと、カノジョじゃないって言ってくれた？」

「え？」

「わたしのこと、グレイソンのカノジョだって言ってたでしょ。ちがうって言ってくれた？」

「あ、言ってない。言っておくよ」

「うん。それで、グレイソン」

「うん」気がついたら、電話機を両手でつかんで耳に押《お》しあてていた。

「明日、だいじょうぶよ。何時にする？」

「行けるんだね」

「ええ。けどお母さんが、バスの時間と、行き先のことをちゃんと知りたいって」

ぼくは笑顔になった。

「よかった！　時間はいつでもいいよ。週末はバスの急行がたくさん出てるし。場所はレイク・ビュー。ブロードウェイとベルモント通りの角のところだよ。住所はわからないけど、必要なら調べる。店の名前は〈セカンドハンド〉。どうする？」

「住所はだいじょうぶ。じゃ、お母さんに伝えておくね。十時にバス停で待ち合わせにしない？」

「オーケー！」

「じゃ、明日ね」

「うん。バイバイ」

　電話を切ったあとは、笑顔でベッドに座っていた。しばらくして、おじさんとおばさんに明日のことを言っておかなきゃ、と気がついた。友だちとどこかに出かけるのは、二年生のとき以来だ。

6

濃《こ》い紫《むらさき》のスウェットパーカーを着て、ファスナーをあごのところまで上げると、フードをかぶった。シカゴの風を受けながらバス停に向かう。幅《はば》の広い、灰色のズボンを見おろした。つるつる素材のジャージみたいなやつだ。今朝もやっとのことで、これがスカートに見えたけど、いまはもうズボンにしか見えなくなってきた。サリーおばさんとエヴァンおじさんとジャックとブレットが十五階の窓にはりついて、ぼくを見ているだろう。わかっていたけど、ふりかえりはしなかった。

アミリアの姿が見える。ぼくは、ズボンはやっぱりズボンだったと思うのをやめて、アミリアに手をふってにっこり笑った。アミリアは、赤いピーコートのえりにあごをうめるようにしている。ぼくも、もっと厚着をしてくればよかった。外は寒くて凍《こご》えそうだ。

「おはよう！」

ガラスで囲まれたバス停に着くと、声をかけた。アミリアの目がピンク色がかっている。

「風邪《かぜ》でもひいた？」そう聞いてから、気づいた。きっと泣いていたんだ。ばかな質問をしてしまった。アミリアは、くしゃくしゃのティッシュペーパーをポケットから取り出して、鼻をかんだ。

そして深呼吸をした。

「お母さんのこと、ときどき大嫌《きら》いになる」アミリアはそう言って、また鼻をかむ。ティッシュごと、ポケットに手をつっこんだ。

「そっか」

アミリアが当たり前のように口にした〝お母さん〟という言葉が耳に残った。赤くなったアミリアの顔を見ながら、〝お母さんが嫌い〟なんてふつうに言えるのはどういう感覚なんだろう、と思った。考えただけで悲しくなる。「どうして？」やっとのことで、そう聞いた。

「わたしの外見のこと、いつもごちゃごちゃ言ってくるの。友だちと買い物に行くって言ったらすごく喜んでくれたけど、でも、『上半身がすっきり見える服を選びなさい』とかなんとか。太っててみっともないと思ってるなら、はっきりそう言えばいいのに」ベンチに座って、背中を丸める。

「きっと誤解だよ。そんな悪い意味で言ったんじゃないと思う」うまい言葉が見つからない。こういうとき、なんて言えばいいんだろう。

「別にいいのよ。もう慣れっこだし」

バスが来た。奥《おく》のほうの席に座った。アミリアは大きな息をついて、顔にかかった髪《かみ》をかきあげた。

「グレイソン、おじさんとおばさんのところに住んでるって言ってたけど……?」アミリアが言ったとき、バスが動きだした。

うしろから溶岩《ようがん》にのみこまれたような気分だった。まだ寒くてたまらないのに、急に汗《あせ》が出てきた。聞かれるのはわかっていたのに、なんで答えを考えてこなかったんだろう。答えないわけにはいかない。友だちを作るってことは、こういうことなんだ。

人に話さなきゃいけなくなったのは、すごくひさしぶりだ。四年生のとき、サリーおばさんとエヴァンおじさんに連れられてセラピストとかいう人のところに行って、くだらないやりとりをしたとき以来。あのオフィスにかかっていた絵は、セラピスト主催《しゅさい》のアトリエとやらでほかの子たちが描《か》いたとのことだった。ばかばかしい、と思った記憶《きおく》がある。そんなもの描かせてなんになる? かわいそうな子どもたちを救ってやっている、とでも言いたいのか? あのときもそう考えて腹が立ったけど、いま思い出しても腹が立つ。学校でひとりぼっちになるのはやめたほうがいい、だって? ぼくのことなんか、なんにも知らないくせに。けどアミリアなら、わかってくれるかもしれない。ぼくをじっと見ている。なにか言わなきゃと思って、大きく息を吸った。前の座席の背を見つめたまま、話しはじめた。

「四歳《さい》のとき、両親が死んだんだ」早口になった。「クリーブランドに住んでた。交通事故でね。大事故だった。ハイウェイで、対向車線のトラックがはみだして、両親の車につっこんできた。ふたりとも即死《そくし》だった」

アミリアのようすをちらっと見た。こっちをじっと見ている。ぼくは視線を足元に落とした。スニーカーは紺《こん》色。濃《こ》い色で、紫《むらさき》色にも見える。

「ぼくはそのとき、保育園にいた」

本でも読んでいるみたいな気がした。その本を力まかせに閉じて、窓の外に放りなげてやりたい。本に火がついているみたいで、このまま持っていられない。ミシガン湖に目をやった。灰色のハイウェイに向かって、白くて大きな波が打ちよせている。トラックが二台、猛《もう》スピードでバスを追いこしていった。いつのまにか、息を止めていた。意識して息をはいた。

「そんな」アミリアが小さな声で言った。

金属の窓わくのみぞにたまったほこりと砂を見ているうちに、どういうわけか、昔住んでいた青い家を思い出した。覚えているわけじゃないけど、写真が部屋にある。表の芝生《しばふ》には「売家」という看板があって、その上によくある「売約済」というステッカーがはってある。エヴァンおじさんによると、写真を撮《と》るときだけでも看板をどかせてほしいと不動産屋にたのんだのに、不動産屋はめんどうがって応じてくれなかったそうだ。ひどいと思う。家を買ったのはどんな人たちだろう。壁《かべ》はぬりなおしたんだろうか。それとも、いまも青いまま？

「ひどい話だよね。けど、ぼくは全然覚えてないんだ。エヴァンおじさんは父のお兄さんで、ぼくを引きとってくれた」

「そうだったの」アミリアはそう言って、黙《だま》りこんだ。こっちがまた、なにか言わなきゃいけないようだ。

「シカゴには、アリスっていう名前のおばあちゃんもいるんだ。すごく体が弱ってる。ぼくがシカゴに来たのは当然の流れなんだろうな」

「そうだったの」アミリアは同じことをまた言った。ぼくももう言うことはない。しばらくの間、ふたりとも黙りこんでいた。窓の外を見ていると、バスはハイウェイを下りた。

「レイク・ビュー、行ったことある？」やっとのことで、ぼくが口を開いたとき、バスがスピードを落として停留所に近づいた。別の話題が見つかってよかった。

「え？　ううん」アミリアはぼくについてバスを降りてきた。交差点で立ち止まる。まわりには人がいっぱいだ。「わたし、幸せだと思わなきゃね」アミリアが、道路をわたりながら言った。目はまっすぐ前を見たままだ。長い赤毛が風にふかれて、ほおにかかっている。

「そうだね」

「お母さんの言ったこと、そんなに悪くとっちゃいけないのかも」

ぼくはアミリアの丸くて肉付きのいい顔を見てから、〈セカンドハンド〉のドアを開けた。アミリアが中に入る。ちょっとななめになった板ばりの床《ゆか》はひどく傷んでいて、数えきれないほどの洪水《こうずい》を経験してきたかのようだ。丸いハンガーラックの並んだ通路を進む。店の奥《おく》のほうの天井《てんじょう》から、〈若者向け〉という看板がななめにぶらさがっている。ぼくもそっちに歩いていった。

レジカウンターには、スキンヘッドで耳と鼻にピアスをつけた若者がいて、通りすぎるぼくに「いらっしゃい」と声をかけてくれた。黒い服を重ね着して真っ赤な口紅をつけた女性ふたりが、ラックにかかった服を品定めしている。

店の奥にいるのは、ぼくたちふたりだけだった。服の数もそんなに多くない。裏口のドアが少しだけ開けてあるので、防虫剤《ぼうちゅうざい》のにおいは、そんなにひどくこもっていない。そうでなかったら、はき気がしていただろう。壁《かべ》ぎわには小さな試着室が三つ。といっても、大きな鏡を壁に立てかけて、まわりを古いベッドシーツで仕切っただけのものだ。鏡の前に立って、やせっぽちの自分の体を見た。紫《むらさき》色のパーカーのフードをかぶったままだったので、それを下ろして、ファスナーも開いた。髪《かみ》に手ぐしを入れる。前髪をていねいに横に流した。外の空気が冷たかったので、まだ目がちくちくしているし、鼻の頭もピンクになっている。そして、あらためて思った。あごががっしりしてきている。昔みたいにとがっていない。

エヴァンおじさんが、お父さんの写真を見せてくれたことがある。お父さんがぼくの年のころの写真だ。それで、ぼくは父親似だとわかった。そう思うと、鏡をたたきわりたくなる。作った拳《こぶし》をポケットにつっこんだ。顔のことなんかより、とにかくお父さんがここにいてほしい。そして、いままで何度思ったかわからないことを、また思った。お父さんとお母さんが生きていてくれたら、こんなに孤独《こどく》じゃなかったはずだ。白黒写真の中のアリスおばあちゃんは、お母さんにそっくり。鏡を見て、おばあちゃんやお母さんの面影《おもかげ》を探してみた。でもやっぱり、お父さんの面影しか見当たらない。

アミリアのいるガールズ・コーナーに、早足で近づいていった。アミリアの着ていたコートは小さくたたまれて、試着室のドアのそばに置いてある。アミリアが見ているのは〈スカート／ワンピース〉のラック。きたない手書きの札をラミネート加工したものが、ラックについている。「これ、どう思う?」アミリアは、濃《こ》い紫《むらさき》の、マキシ丈《たけ》のスカートを手にした。布地はうすくて、細かいしわ加工がしてある。アコーディオンみたいだ。濃い紫のレースで三段に区切られている。レースのところで布地にギャザーをかけてあるので、ふんわりふくらんでいる。ぼくはそのスカートをじっと見た。

「すごくいいね」ぼくは手をのばして、スカートにふれた。

「そっちは? なにか探してるの? 冬服がほしいって言ってたわよね」アミリアがそう言っ

て、紫《むらさき》のスカートをさっと腕《うで》にかけた。

「うん、まあね」ぼくはボーイズ・コーナーに移動したけど、アミリアを横目で追っていた。ラックにかかった服を次々に横に流していきながらも、アミリアから目をはなすことができなかった。その手元には服がもう何着もある。濃《こ》いピンクや紫、レースやお花の刺《し》しゅう。アミリアの腕にふわりとかけられた服が、おとぎ話に出てくる、つやつやのドレスみたいに見えた。それにくらべたら、ぼくが見ている服なんて、全然おもしろくない。半分上の空で、細身だけど丈《たけ》の長いシャツを探した。カラフルなチェック柄《がら》で、地の色も明るいのがいい。

メタリック・グリーンの、グリーンベイ・パッカーズのユニフォームが出てきた。蛍光灯《けいこうとう》に照らされて、そでが光っている。それを持って鏡に向かい、体に当《あ》ててみた。長すぎる。ひざ近くまである。けど、パッカーズのロゴは無視すればいい。最近きつくなった古いジーンズと合わせれば、きらきらのワンピースとレギンスに見えなくもない。

「なにか見つかった?」アミリアが、腕に服をたくさんかけたまま、近づいてきた。

ぼくは鏡に映った自分の姿を見た。グリーンベイ・パッカーズのロゴはやっぱり目立つ。

「ううん、まだ」ぼくは答えて、それを近くのラックにもどした。

「大きすぎるんだ」想像力だけじゃ、もうどうしようもない。着せかえごっこなんかできない年になってしまった。足元を見る。紫がかった紺《こん》色の靴《くつ》が、照明のせいで真っ青に見える。

「そう?」アミリアが言う。「着てみたらいいじゃない。わたし、これだけ試着するつもり」

「ううん」ぼくは答えて、深く息を吸った。

「いいんだ。古着屋で気に入った服が買えるかどうかは、そのときの運みたいなもんだし。今回は合うサイズのものがなかっただけだよ」

「そう」アミリアははなれていくと、試着室に入った。ぼくは鏡のとなりに置かれた固い金属のいすに腰《こし》をおろした。そこにいれば、鏡を見なくてすむ。板ばりの床《ゆか》についた傷をじっと見つめた。アミリアは、ワンピース、スカート、上着と、新しいのを着るたびに出てきて鏡を見る。紫色のスカートのときは、ずいぶん長いこと鏡を見ていた。「どうかな」首をかしげる。「こっちの学校にも、こういうの着ている子いる?」

ぼくは背すじをのばして、アミリアの姿をまじまじと見た。

「みんなが着ているわけじゃないけど、それ、すごく似合うよ」

結局、アミリアはそれをラックにもどした。買ったのは、もう少し短い黒いスカート。すそまわりにリボンの飾《かざ》りがついている。それと、胸元にお花の刺《し》しゅうのついた白いTシャツ。ぼくは手ぶらで店を出た。いつのまにか、霧雨《きりさめ》が降りだしていた。パーカーのフードをかぶり、アミリアといっしょに帰りのバスに乗った。

7

　十一月は毎週土曜日に、アミリアとふたりで〈セカンドハンド〉に行った。アミリアはいろいろ試着をして、ときどきなにか買う。ぼくはあまり気乗りせず、ボーイズ・コーナーのラックをなんとなく見るだけ。ある風の強い日、とうとう探すのをやめた。アミリアを置いて、ボーイズ・コーナーからもはなれ、店の入り口近くにある置物のたなを見に行った。

「こんなの、だれが買うのかな」ぼくがつぶやくと、とつぜん、横からアミリアの声がした。

「買い物、終わったの？」

「うん。今日は空ぶり」と答える。アミリアは、ほこりをかぶった花びんや、手あかだらけの眠《ねむ》り猫《ねこ》の置物や、はね馬の置物にふれていく。

「わあ、これいいな」ぼくは金色の古い鳥かごを手に取った。青いプラスチックの小鳥が、中のとまり木にとまっている。ぐるっと回すと、横にゼンマイのねじがついていた。

　ねじを巻いて、たなにもどした。ふたりで見ていても、なにも起こらない。ところが一分くらいたつと、小鳥がほこりっぽい羽をゆっくり動かしはじめた。長いお昼寝《ひるね》から覚めました、という感じだ。音楽も鳴る。古くさい曲だし、しこまれたオルゴールがさびているのか、音も悪い。キイキイという雑音もするし、音も飛びがちだ。小鳥の動きがぎくしゃくしてきた。ここから飛びたちたいのに、羽がうまく動かない、という感じだ。ぼくたちは顔を見合わせた。アミリアがくすくす笑う。

とつぜん、小鳥の動きが止まった。そして翼《つばさ》を広げたまま、スローモーションでとまり木から落ちた。アミリアがぼくの腕《うで》をつかんだ。「大変。こわしちゃった」小声で言う。口が変な形にゆがんでいる。笑うのをこらえているんだとわかった。小鳥は鳥かごの底に落ちて、翼の片方をぴくぴくさせている。音楽はまだ終わらない。小鳥は起きあがって飛びたとうとしているみたいだ。見ているとかわいそうになってくる。けど、アミリアに笑いかけた。

「出よう！」笑いながらささやいた。うしろを見ると、レジのお兄さんがこっちを見ていた。

アミリアは、もう笑いが止まらなくなっている。ぼくは急いでその手を引き、外に出た。死にかけた小鳥の安っぽい歌声が、ドアを閉めるとようやく聞こえなくなった。

外の空気は刺《さ》すように冷たかった。アミリアは〈セカンドハンド〉の前の石段で、体をふたつに折って笑いこけている。ぼくはそのとなりに腰《こし》をおろした。おもちゃの小鳥に同情したって意味がない。それに、アミリアが笑うのを見ていると、ぼくまで笑えてきた。

「ぶっこわれちゃったね」アミリアが言った。ようやく笑いが少しおさまったようだ。

「行こうか」ぼくもまだ笑いながら言った。「寒いし、ホットチョコレートでも飲もうよ。

この先にコーヒーショップがあるから」

アミリアの両手をつかんで引っぱり、立たせてあげた。

コーヒーショップに行くと、アミリアが窓のそばのカウンター席を確保している間に、ぼくがホットチョコレートをふたつとマシュマロバーをひとつ注文した。かじかんだ手で温かい紙コップを包み、大きな窓ガラスに映った自分たちの顔を見た。冷えて真っ白になった肌《はだ》に、赤い斑点《はんてん》がうかんでいる。ガラスの向こうの歩道を、人々が歩いていく。距離《きょり》が近いので、ガラスがなければ、手が届きそうなくらいだ。

アミリアはカップのふたをはずして、マシュマロバーをひとかけ、ホットチョコレートにひたして食べた。ぼくもまねをした。

「来週は別のコーヒーショップに連れてってあげるよ。あっちに二ブロックくらい行ったところにあるんだ」とぼくは、窓の外を指さす。

「シッターさんがよく連れてってくれた。あっちのほうがお菓子《かし》がずっとおいしいよ」

「楽しみ」アミリアはスツールの上で体をゆらして、にっこり笑った。

家に帰って玄関《げんかん》のドアを開けた瞬間《しゅんかん》、サリーおばさんがノートパソコンから顔を上げた。

「グレイソン」老眼鏡を上にずらして額にのせる。パソコンは横にずらした。

「アミリアと出かけて、楽しかった?」

「うん、すごく」

「よかったわね」おばさんはにっこりしてから、自分の手元に視線を落とした。

「ねえ、グレイソン」そう話しかけられて、ぼくがまた視線を上げたとき、おばさんは真剣《しんけん》な顔になっていた。

「エヴァンおじさんが、これから老人ホームに行くつもりなんですって。あなたが出かけている間にアデルから電話があってね。おばあちゃんが……」言葉を切って、首をちょっとかしげる。ぼくは心臓がどきどきしていた。

「最近はどんどんものがわからなくなっているみたいだし。アデルが言うには、今朝ちょっと眠《ねむ》って起きたら、熱が出ていたんですって。お医者さんは肺炎《はいえん》じゃないかって心配しているそうよ」

「そう」

アデルは、老人ホームでアリスおばあちゃんの身の回りの世話をしてくれる人だ。弱っているおばあちゃんのことをぼくは心配するべきなのに、そういう気持ちがわいてこなくて、うしろめたさを感じていた。おばあちゃんは、ぼくが物心ついたころには、もうアルツハイマー病にかかっていた。だから、いまのおばあちゃんではなく、部屋のナイトスタンドに置いてある白黒写真を思い出した。お父さんとお母さんとぼくが写っているやつだ。三人の顔しか写ってないけど、それでも、お母さんがぼくをくすぐっているのがわかる。ぼくが、うしろにいるお母さんにもたれかかるようにして笑っているからだ。そんなお母さんとぼくを、お父さんの腕《うで》が包んでいる。

「わかった」という自分の声がちょっとふるえているのがわかる。サリーおばさんは、ぼくがもっとしゃべるのを待っているみたいだけど、ぼくは頭が真っ白になってしまった。もうここに立っていたくない。とにかく自分の部屋に入りたい。

まもなく、小さなノックの音が聞こえた。エヴァンおじさんだった。部屋に入ってきて、ベッドに座る。ぼくは鏡の前に立って、スウェットパーカーを腰《こし》に巻いているところだった。紫《むらさき》色のスカートだと思おうとしたけど、気が散ってだめだった。お母さんのことを考えてしまう。持っている写真のどれを見ても、お母さんが恋《こい》しくてたまらなくなる。アリスおばあちゃんが若いころは、お母さんとそっくりだったんだと思う。

「グレイソン」エヴァンおじさんが言った。

「なに？」

「老人ホーム、おまえも行かないか？」

ぼくはパーカーを巻くのをやめて腰からはずし、ベッドに放りなげた。枕《まくら》のところに落ちた。すぐ横のナイトスタンドに写真が置いてある。エヴァンおじさんとサリーおばさんは、アリスおばあちゃんとは血のつながりがない。こうしてめんどうを見てくれているのは、ぼくのためなのだ。

「うん、行く」

「よし。十五分くらいで支度《したく》できるか？」

ぼくがうなずくと、おじさんは指先でひざ頭をたたきはじめた。ぼくは机の前に座って、いちばん上の引きだしから色鉛筆《えんぴつ》とスケッチブックを取り出した。描《か》きかけのバラのつぼみの絵をながめる。老人ホームは嫌《きら》いだ。行くと気がめいる。

「それとな、グレイソン」エヴァンおじさんは言いにくそうだった。「サリーおばさんと、ゆうべ話したんだ。おまえに友だちができたのは、おじさんもおばさんも、すごくうれしい。アミリアと遊ぶようになって、おまえは前より明るくなったしな。それはすごくよかったと思っている」にっこり笑って続ける。「おじさんとおばさんは、六年生のときのクラスメートだったって話、したかな？」

「ほんとう？」ぼくはそう聞いて、すぐに視線を落とした。おじさんがなにを言いたいのか、読めたからだ。

「そんなんじゃないよ。ぼくたち、ただの友だちなんだ」

「ああ、もちろんそうだろう。いや、変な意味で言っているわけじゃ……」

「だいじょうぶだってば」ぼくは笑って、おじさんを安心させようとした。お母さんの写真を見ると、目じりの笑いじわがアリスおばあちゃんとまったく同じだとわかる。ずっと昔、アリスおばあちゃんもそうだって言ってた。ぼくは自分の顔にふれてみたけど、まだしわはなかった。

「それならよかった」エヴァンおじさんはそう言って、ベッドから立ちあがった。ぼくのうしろで立ち止まり、赤い色鉛筆《えんぴつ》を持ったぼくの肩《かた》に片手を置いた。

「グレイソン、明るくなったな。ほんとうによかった」

ぼくは思わず身をすくめた。おじさんが肩をぎゅっとつかんでくる。「準備ができたら知らせるよ」おじさんは部屋を出て、静かにドアを閉めていった。


アリスおばあちゃんの入っている老人ホームは評判のいいところだけど、それでも中はなんだか不気味だし、消毒用のアルコールや、ばんそうこうやお年寄りのにおいが鼻をつく。

エレベーターには、看護師がひとりと、歩行器をつけたおじいさんがひとり乗っていた。あまりじろじろ見ないようにした。おじいさんはなにかしゃべろうとしているけど、言葉がまったく出てこない。空気をかんでいるみたいだ。なんだか気の毒で、目がちくちくした。

長いろうかを歩いて、アリスおばあちゃんの部屋に入った。部屋の中は、前に来たときとまったく同じ。ただ、前回は窓のそばのロッキングチェアに座って、ひざにかけた毛布を何度も何度もなでていたおばあちゃんが、今回はベッドに寝《ね》ている。ベッドは半分起こしてあって、両脇《わき》には、前はなかった手すりがつけられている。おばあちゃんは目を開けているけど、なにも見ていないのがはっきりわかる。

エヴァンおじさんとぼくは、ベッドのそばに立って、しばらく黙《だま》っていた。それからぼくが「こんにちは、おばあちゃん」と言ったけど、おばあちゃんは答えない。おじさんが、ぼくの肩《かた》に手を置いた。アデルがおばあちゃんの手を取って、腕《うで》に血圧計の腕帯《わんたい》を巻いた。血圧を測ってクリップボードになにか書きこむと、おじさんと話しはじめた。

ぼくは、部屋の中をうろうろ歩きまわった。

「まだなにも食べてなくて……」アデルの言葉が聞こえる。聞かないようにしようと思ったけど、小さな部屋なのでどうしようもない。

アリスおばあちゃんの鏡台に置かれた写真を見た。ほこりをかぶっていたので、シャツのすそで一枚ずつふいてあげた。アデルはひそひそ声で「症状《しょうじょう》を見るかぎり、肺炎《はいえん》の疑いが強いです」エヴァンおじさんに説明を続けている。アリスおばあちゃんも、ぼくが持っているのと同じ、クリーブランドの青い家の写真を持っている。ぼくの両親はシカゴで出会い、クリーブランドに引っこして、それからすぐにぼくが生まれた。クリーブランドに行ったのは、お母さんが大学教員として働くためだった。また考えてしまう。そんな仕事の口がなくて、両親がずっとシカゴにいたら、ぼくはいまごろどんなふうに暮らしていたんだろう。家のことも気になる。いまも青いままだろうか。

レフティおじいちゃんとぼくが写っている写真を手に取った。おじいちゃんは、ぼくが二歳《さい》のときに亡くなった。オムツ一枚だけ身につけたぼくを抱《だ》っこしたおじいちゃんが、古い家のポーチに座っている。アリスおばあちゃんが赤ちゃんのときの写真もある。えくぼがあって、前髪《がみ》がちょっとだけある、丸々とした赤ちゃんだ。アリスおばあちゃんとレフティおじいちゃんの新婚《しんこん》時代の写真もあった。

ぼくのお気に入りの写真があった。お母さんがいまのぼくと同じくらいのころ、自転車に乗って、まぶしそうに目を細めている写真。腰《こし》に結んだシャツが風にふかれてうしろになびいている。お父さんとお母さんがウエディングケーキの前でキスしているのもある。ぼくが赤ちゃんのときのも。お母さんの胸に抱かれて、ほとんど毛布で隠《かく》れてしまっている。

「もうあまり長くないんじゃないかと。でも、アリスは――強い人ですから」

アデルの声を聞いて、ぼくはふたりのところにもどった。アリスおばあちゃんはさっきと同じ姿勢のままだけど、目を閉じて、深い息をしている。息の音が、ちょっと苦しそうに聞こえる。

「わかりました」エヴァンおじさんが言って、あとは黙《だま》ってアリスおばあちゃんのひざの毛布を直してあげた。おばあちゃんの顔に白い髪《かみ》がかかっている。ぼくはその髪を軽く編んで、耳にかけてあげた。これでじゃまにならないはず。エヴァンおじさんの視線を感じながら、おばあちゃんのやわらかくてでこぼこで、きゃしゃな手を取った。骨の間に皮ふがたれさがっている。手の甲《こう》に小さな橋がいくつもかかっているみたいだ。お母さんは、アリスおばあちゃんから生まれたんだ、としみじみ思った。家に帰るまでの間ずっと、おばあちゃんの手の感《かん》触《しょく》がぼくの手に残っていた。

8

月曜日の朝はゆううつだ。フィン先生が窓の前に立って、ディスカッションをはじめようとしている。窓の外ではちらちらと雪が降ってきた。ぼくは両手でほおづえをついて、先生を見ていた。アミリアはぼくのとなりで、ノートの表紙になにかいたずら書きをしている。アリスおばあちゃんの部屋が思い出される。ほこりをかぶった写真も。アデルが言ったことも。

フィン先生がみんなに質問を続けている。でもだれも答えない。先生はとうとう「そうか」と言って、ため息をついた。

「もういい！　みんな、先生とは話したくないんだな。じゃあ、いまのパートナーはそのまで、ふたりとふたりで四人組を作りなさい。本に出てきた表現について、話しあうんだ。いいか、来週の木曜日にはレポートを提出するんだぞ。集中して取りくむように！」

アミリアを含《ふく》めたクラス全員が、不安そうにあたりをきょろきょろしはじめた。

「はじめなさい」フィン先生が号令をかけ、窓台におしりをひっかけた。みんなのようすを見て楽しんでいるようだ。「さあ、パートナーを探せ！」

ぼくは教科書とバックパックを持って、アミリアについていった。アミリアのねらいは、教室の反対側の端《はし》にいるライラとヘイリーだとわかった。早足でふたりに近づいていく。ぼくはリードを引っぱられる犬のような気分だった。

「ねえ」アミリアが声をかける。「組まない?」

ライラは、遠くにいるミーガンとハナのコンビに目をやった。あっちはあっちで、もうほかの子たちと組を作り、こちらに背を向けている。一瞬《いっしゅん》置いて「いいわよ」と答えが返ってきた。

「ジェイソンとアッシャーのいすを使うといいわ」ヘイリーがそう言ってほほえんだ。ぼくはそこに座ると、いすの向きを変えて、ライアンとセバスチャンが目に入らないようにした。ふたりはすぐとなりの席にいる。

「で、どう思う?」ライラが言った。どう見ても、残りの三人にすべてをやらせようと思っているらしい。

「先生が言ってたうちの、二番目のやつがおもしろかったな」ヘイリーが言って、本のページをめくった。

ぼくは、ヘイリーのそんなようすをじっと見ていた。三年生になる前の夏休み、ぼくは、アート系のサマーキャンプに参加した。そこにヘイリーとハナもいた。いっしょに校庭に出て、輪ゴムにビーズを通して遊んだのを覚えている。そのときには、エマはもういなかった。三年生になってからも、このふたりと友だちでいればよかったのに、どうしてそうしなかったんだろう。どうしてぼくは、エマとしか仲良くなれなかったんだろう。

「あった！　五十ページよ」ヘイリーが言った。ぼくも本を開いた。ヘイリーがその部分を読みはじめたけど、ぼくは上の空だった。

サマーキャンプでは、小型のイーゼルと絵の道具を持って、公園に行ったものだ。ブランコを描《か》く子、大きな木を描く子、ほかのサマーキャンプの子たちが植えたお花や野菜を描く子、いろいろだった。ハナとヘイリーとぼくの三人が公園のすみのところに固まって、絵を描いたこともある。ぼくはオレンジ色の大きなオニユリを水彩《すいさい》絵の具で描こうとしていたけど、ふたりは地面から顔を出したばかりの小さな芽の絵を描いていた。

ヘイリーの鼻の小さなそばかすをながめているうち、音読が終わった。ヘイリーはターコイズブルーのヘッドバンドをはずして、うす茶色の髪《かみ》に手ぐしを通した。そしてまたヘッドバンドをつけた。髪に、手ぐしのあとがかすかに残っている。

ぼくは額に巻いたヘッドバンドにふれて、頭からはずした。アミリアが、ノートになにかを書きはじめた。丸くて大きな字だ。ぼくは手の中でヘッドバンドを裏返した。うすい灰色の布地に汗《あせ》のしみがついている。これがターコイズブルーだったらいいのに。でも現実はうすい灰色。かわいくもなんともない。

五年生のころはまだよかった。なんでも好きなように空想して、それが現実だと思いこむことができた。

窓の外では、まだ雪がちらちら降っている。フィン先生は窓台におしりを乗せたままだ。先生の目が、ぼくの手のヘッドバンドをとらえた。目が合うと、先生はやさしい笑みを見せてくれた。ぼくは目をそらして、ヘッドバンドをつけた。先生はとうとう窓台からはなれて、教室の中を歩きまわり、みんなのディスカッションに耳をかたむけはじめた。ベルが鳴ると、みんなが荷物を片づけはじめた。「ねえ」ライラがぼくではなくアミリアを見て言った。「ランチ、いっしょに食べない？」そして立ちあがってバックパックを背負うと、ストラップのせいでいびつになったピンクのシャツを引っぱって直した。

ぼくは思わずアミリアの顔に目をやった。「うん、もちろん！」アミリアはそう言って、ライラに笑いかけた。

ぼくはごくりとつばをのんだ。すると、ライラがぼくを見た。

「グレイソンもいっしょにどう？　よかったら」

ぼくはライラからアミリアに視線を移して、笑顔で答えた。「いいよ」

「よかった」アミリアはすごくうれしそうだ。「じゃ、あとでね！」

ランチタイム。ぼくはテーブルの真ん中に固まった女子のグループの中にいた。テーブルには、水筒《すいとう》や、食べかけのサンドイッチが入ったビニール袋《ぶくろ》などがところせましと置かれている。ハナは手首につけていた輪ゴムを使って、くるくるした褐色《かっしょく》の髪《かみ》をポニーテールにまとめた。ぼくを見てにっこりする。いまも絵を描《か》いてる？　聞こうと思ったけどやめた。となりに座ったアミリアは、両ひじをテーブルについて、ライラに話しかけている。ぼくの向かいのミーガンは、手持ちぶさたそうに足をゆらゆら動かしている。たいくつなんだろうか。ぼくはと言えば、ここに座っているのはうれしいけど、まわりからは変なふうに見えるんだろうな、と思わずにはいられなかった。女子五人と男子ひとりなんて、ふつうじゃない。

その週はずっと、そのメンバーでお昼を食べた。けど、ぼくはほとんど黙《だま》っていた。意外なことに、みんなの話題はクラスメートのうわさ話。ライラとアミリアまでそれに興じている。アミリアとぼくがここに加わる前は、みんなでぼくのことを話していたんじゃないか――そんな気がする。

金曜日の夕食後、電話が鳴った。アミリアからだった。

「グレイソン、わたし、明日レイク・ビューに行けないの。ほかにやることができちゃって」

ぼくはごくりと息をのんだ。「いいよ、気にしないで」がっかりした気持ちを声に出さないようにしながら、電話機を持って自分の部屋に行った。ドアを閉める。「日曜日に行く?」間《ま》があった。「ええと、日曜日は、おじさんとおばさんが遊びに来るって、お母さんが言ってたかも。はっきりわからないけど」

「じゃ、来週にしようか」

「そうね。ごめんなさい。よい週末を。月曜日に学校でね」ぼくはそのままベッドに上半身をたおした。

「うん、じゃあね」真っ白な天井《てんじょう》を見つめた。電話を切ると、電話を枕《まくら》に投げつけた。だいじょうぶ、と自分に言いきかせる。今週だけのことだから、気にしなくてだいじょうぶ。けど、失望が冷たい雪のように、ぼくの心に降りつもっていった。お母さんの絵の鳥を見た。じっとにらみつけて、泣くまいとがんばった。

9

レイク・ビューに行くのはぼくも無理だったとわかった。次の朝、目覚めたばかりのぼくのところにエヴァンおじさんがやってきた。アリスおばあちゃんが死んだと言った。

「アデルが言うには、眠《ねむ》っている間に、とても安らかに亡くなったそうだ」ぼくのベッドの端《はし》に腰《こし》をおろした。

「えっ」ぼくはそれしか言えなかった。やわらかい手と青い目の記憶《きおく》がよみがえる。

「いま、葬儀《そうぎ》会社と話しあったところなんだ。埋葬《まいそう》は明日になった。いいな？」おじさんは、ぼくの反応を確かめるように言った。ぼくはどうしたらいいんだろう。泣くべきなんだろうか。けど、うなずくことしかできなかった。

おじさんはちょっと待ってから、「よし。グレイソン、話し相手はいらないか？　しばらくひとりでいたければ、そうしなさい。おじさんもおばさんもダイニングにいるから、なにかあったら呼びなさい」と言って立ちあがり、ぼくの顔をしばらく見てから、部屋を出ていった。ドアが静かに閉まる。

ベッドの横の写真に写っているお母さんの笑顔を見た。髪《かみ》が風にふかれて、ほおを包んでいる。本だなにも、古いおもちゃや絵本といっしょに、額に入った写真がある。青い家。保育園の前でぼくを抱《だ》っこしているお父さん。公園でぼくの乗ったブランコを押《お》しているお母さん。ベッドから出て、それらの写真を一枚ずつ見た。アリスおばあちゃんの死を悲しむ気持ちがわいてくるのを待っていたけど、思いうかぶのはお母さんの顔ばかりだ。お母さんがおばあちゃんになったら、アリスおばあちゃんそっくりになっただろう。

アリスおばあちゃんはずっと前から、アルツハイマー病の症状がかなりひどくなっていた。お見舞《みま》いに行っても話もできなかったから、ぼくはロッキングチェアのそばに座って絵を描《か》いているしかなかった。その間、おばあちゃんはテーブルを何度も何度もふいていた。

たしか昔は、キッチンのテーブルにすごくうすいレモンクッキーが置いてあって、おばあちゃんといっしょに食べたような気がする。そう、いまはっきり思い出した。それと、うすいブリキのケースに入った色鉛筆《えんぴつ》のセットがあって、アデルがいつもぼくのためにけずっておいてくれた。夏は窓が開いていて、カーテンごしにまぶしい光が差していたものだ。

老人ホーム特有のいやなにおいを、風がふきけしてくれた。濃紺《のうこん》のラグマットには光の波もようができていて、カーテンが風でふかれるたびに、そのもようが変わった。ぼくはいつも、バックパックにテディベアを入れて行った。アリスおばあちゃんといっしょに濃紺の波の上に座って、テディベアは荒《あ》れた大海をわたってここまで来たんだよ、なんて話していた。

そういうことを、いままですっかり忘れていた。やっと思い出した。

お葬式《そうしき》には行きたくなかったけど、サリーおばさんとエヴァンおじさんに、だいじょうぶだからと説得されて行くことになった。共同墓地はすごく寒くて、空は鉛色《なまり》をしていた。うず巻く雪の中で、アリスおばあちゃんが土の中に消えていくのを、みんなといっしょに見守った。

10

月曜日の朝、教室に入って教科書とノートを出し、みんなが入ってくるのを待った。アリスおばあちゃんのひつぎが暗い穴におろされていく光景が頭からはなれない。ベルが鳴る直前、アミリアがライラといっしょに入ってきた。ぼくは手をふったけどアミリアは気づかない。ふたりが近くまで来たとき、ほとんどおそろいの服を着ているのがわかった。

セーターもスカートも、いかにも新品という感じ。スカートは床《ゆか》につきそうなロング丈《たけ》で、深い赤色が、黒いブーツのせいであざやかに見える。アミリアのブーツは新品なので、余計にそう見えるのだろう。スカートの生地はうすくて、ギャザーがたっぷり寄せてある。歩くたびにこすれてさらさら音がする。見ていると、アリスおばあちゃんの病室のカーテンを思い出した。〈セカンドハンド〉で見た紫《むらさき》色のスカートにも似ている。

ぼくがつめをじっと見ていると、ふたりは席についた。そういえば、あの電話は――土曜日はほかにやることがあると言っていたのは、そういうことだったのか。考えるのにいそがしくて、口がまともに動かない。

「おはよう、アミリア」それしか言えなかった。

「おはよう！　週末、どうだった？」フィン先生の声にかくれるような小さな声が返ってきた。

ぼくとの約束を破ってライラと出かけたくせに、どうして平気な顔をしていられるんだろう。アリスおばあちゃんが亡くなったことを話すつもりだったけど、笑顔でうなずくだけにした。さいわい、あとは話す機会もなかった。「今週はディスカッションをせず、ひとりひとり静かに勉強してもらうよ」とフィン先生が言ったからだ。金曜日にはテストがある。

ノートを開いたけど、集中できなかった。アミリアとライラは、これから毎週土曜日、いっしょに遊ぶつもりかもしれない。ぼくは、前みたいに家にこもるだけの週末を過ごすことになるだろう。アリスおばあちゃんのお見舞《みま》いに行くこともできない。

さびしいお葬式《そうしき》だった。参列者は親類五人とアデルだけ。母方の親類のうちで、残っているのはぼくひとりになってしまった。ぼくの存在もどこかに消えてしまいそうだ。

五時間目はランチタイム。だけどぼくはランチルームには行けない。みんなが週末の話をするだろうから。おそろいのスカートをはいたアミリアとライラなんて、見ていられないから。あれは、アミリアがぼくを捨てて手に入れたスカートなんだ。だから、ランチルームではなく図書館に行った。

ランチタイムに図書館の木製のドアを開けるのは、なんだか変な感じがするけど、同時になつかしい感じもする。司書のミレン先生がぼくを見て、意外そうな顔をした。ミレン先生は司書席について、湯気が立ったものを食べている。何年も前からずっと食べている、ダイエット用の食事だ。

ぼくを見て、フォークを置いた。「あら、グレイソン！　ひさしぶりにもどってきてくれたの？」そう言って、ダイエットコークを飲んだ。

「うん」ぼくはぼそりと答えると、バックパックを机におろした。そばの個人用ブースに座って、外ポケットのファスナーを開ける。おなかはすいてないけど、ランチを取り出して机に置いた。両手でほおづえをつき、ミレン先生の視線を避《さ》けた。みんな、グレイソンはどこに行ったんだろうって話しているかも。ううん、そんなのどうでもいいと思っているかもしれない。ぼくがいなくて喜んでいる可能性だってある。女子のグループにまじってランチを食べる男子なんて気持ち悪い、そう思っているだろうから。アミリアがぼくと仲良くしてくれたのは、もっといい友だちができるまでのつなぎ。やっぱり、女子は女子同士がいいんだ。そんなの当たり前だ。

落ちつこう。たいしたことじゃない。何年も前から、ランチはここで食べていたんだから。ブースの仕切り壁《かべ》を見た。生徒が刻みこんだ名前がいくつも残っている。どうしてみんな、そんなことをするんだろう。不思議だったけど、急にぼくもやりたくなった。「グレイソンはここにいた」とでも書こうか。ペンケースを開けて、ミレン先生のようすをうかがう。先生はまだこっちを見ていて、手をふってきた。ぼくはペンケースのファスナーを閉めて、両手をひざの間にはさんだ。

ブースの壁《かべ》には、テープをはって作ったスマイルマークがある。すみにはピンクのガム。目の前には、ななめにはられたチラシが一枚。なんだろう。

〈春の演劇・オーディションに参加しませんか？〉と、赤いインクで印刷されている。その下には、オペラ歌手のさえないイラスト。さらにその下を読んでみた。

日時：　十二月十五日（月）、十六日（火）　3：15〜5：30
場所：　講堂
演目：　ペルセポネの物語
オーディション参加希望者はフィン先生のところまで。みんなの挑戦《ちょうせん》、大歓迎《かんげい》！

チラシをじっと見つめた。ギリシャ神話は五年生のときに習った。テスト前にはサリーおばさんといっしょに暗記カードを作って、神様の名前と、なんの神様かを覚えたものだ。たしか、ペルセポネは四季をつくった女神。でも、いまひとつ自信がない。

毎年の文化祭で演劇や音楽の演奏をする生徒たちの顔を思いうかべてみた。だいたいは上級生、七年生か八年生だ。おとなしくて地味な生徒は裏方をやっている。客席から見えないように黒い服を着て、ステージのまわりであくせく働くのだろう。それならぼくにもできそうだ。けど、いままでに見た演劇のことを思い出すと、頭にうかぶのはスポットライト。深いワインレッドのベルベットのカーテン。りっぱな木製のステージ。あそこに立ってみんなの注目を浴びたら、どんな気分になるだろう。

いまこの瞬間《しゅんかん》、アミリアはランチルームのテーブルについて、ライラが言うくだらない冗《じょう》談《だん》にいちいち笑い声を上げているんだろう。そのとなりは空席。自分が幽霊《ゆうれい》になったみたいだ。

立ちあがり、まだ手をつけていないランチをつかむと、バックパックを勢いよく肩《かた》にかけた。だれもいないろうかに出る。ミレン先生とダイエット食を図書室に残して歩きだした。

四階のろうかは暗くて人気《ひとけ》がない。フィン先生の部屋は、右側のいちばん手前。ドアは閉まっていたけど、紙が一枚、きちんとはってあった。〈『ペルセポネの物語』オーディション要項《ようこう》〉とあり、その下に時間のリストがあった。まだ、空いているわくはあるだろうか。ずっと見ていくと、最後のひとわくに空きがあった。火曜日の5：15～5：30。

先の丸くなった鉛筆《えんぴつ》にひもをつけたものが、申しこみ用紙にテープではりつけてある。ぼくはそれをつかんだ。鉛筆《えんぴつ》の黄色い塗料《とりょう》につめを食いこませて、その跡《あと》を見る。ぼくがここで生きている、その証拠《しょうこ》だ。そして、空欄《くうらん》にグレイソン・センダーと書きこんだ。鉛筆をはなすと、サリーおばさんとエヴァンおじさんが大切にしている柱時計のふり子みたいにゆらゆらゆれる。ぼくはその場をはなれた。


放課後、バス停でアミリアに会った。アミリアはぼくを見てかけよってきた。雪のうっすら積もった白い地面に、赤いスカートが映える。

「グレイソン」空気が冷たいので、はく息が真っ白だ。

「寒いわね。ねえ、ランチのとき、どこに行ってたの？」

ぼくはアミリアの表情を観察した。アミリアはピンク色になった耳に髪《かみ》をかけた。なにを考えているのか、まったくわからない。

「宿題がたくさんあったから」ぼくはかじかんだ手を上着のそでの中に引っこめた。「図書室にいたんだ」それ以上は言えなかった。

「そうなの。宿題って、あのレポート？　すごく時間がかかりそうよね」

「うん。だから、今週はずっと図書室に行くつもり」言い訳を信じてもらえてほっとした。

バスが来た。乗りこんで席に座ると、アミリアはスカートのしわをのばしはじめた。ランドルフのバス停で降りて、別れた。道路をわたるとき、ぼくはふりかえらなかった。

その日の夜は、落ちつかなかった。オーディションなんて、いままで受けたことがない。なにをしろと言われるんだろう。一年生のとき、クラスでやったのは『ロラックスおじさんの秘密の種』。全員に役があって、エマとぼくはピンクの木をやった。背景にふたり並んで立っていたことくらいしか覚えていない。今回は、あんなのとはレベルが全然ちがうはずだ。ジャックは、小学校のときに演劇をやっていた。ほんとうはブレットの宿題を見てやらなきゃいけないのに、いまはリビングでテレビを見ている。オーディションのことを聞いてみようか。でも、気が進まない。サリーおばさんとエヴァンおじさんは下のトランクルームで、老人ホームから持ってきたアリスおばあちゃんの遺品を整理している。だから、たよるわけにはいかないし、そもそもオーディションのことはまだ話したくない。しかたなくスケッチブックを取り出して、絵に専念することにした。

月曜日は、一時間目と二時間目が人文学。フィン先生が約束してくれたとおり、二時間ぶっつづけでレポートに取りくむことになった。先生はぼくがオーディションに申しこんだことに気づいてくれているだろうか。こっちから話しかけて、なにをしたらいいか聞いたほうがよさそうだ。ようやくベルが鳴ったとき、ぼくは教科書を片づけているアミリアをおいて、先生のところに行った。

「やあ、グレイソン。いま声をかけようと思っていたんだ。ちょっと残ってほしくてね」

「はい」

クラスのみんなが教室から出ていく。ぼくはうつむいて自分の足元を見ながら、みんなの話し声や笑い声が遠ざかるのを待った。教室がしんと静まりかえった。ときおり遠くから声がひびいてきたり、冷たい風が入ってきたりするだけだ。風なんて、急にどうしたんだろう。ふりかえると、うしろのほうの窓が少しだけ開いていた。フィン先生が壁《かべ》の掲示板《けいじばん》にはった詩や物語の紙がカサカサ音を立てる。

「で、話というのは――」フィン先生はいすに座ったまま、ぼくのほうに少しだけ身を乗りだした。ぼくは、ペンを持った先生の手元を見た。視線を上げて顔を見ると、先生は笑顔になっていた。

「オーディションに申しこんでくれたんだね。きみの名前を見て、すごくうれしかったよ。で、ちょっと聞きたいんだが、きっかけはなんだった？　いや、誤解しないでほしい。きみはきっとうまくやれると思うよ。きみには演劇が向いていると思うんだ。質問したのはただの好奇心《こうきしん》からさ。いままでは演劇に興味なんか持っていなかっただろう？」

ぼくは肩《かた》をすくめた。先生はぼくの目を見ながら、まだほほえんでいる。なんて答えたらいいんだろう。図書館の個人ブースが目の前によみがえってくる。古くてきたなくて、生徒の名前がところせましと刻みこまれた仕切り壁。

「えっと」言葉が出てこない。「なんだろう。なんていうか、急になにかやってみたくなって」説明になっていなかったけど、先生はまだ身を乗りだして、聞いてくれている。話に続きがあると思われているみたいだけど、いまの思いを言葉にすることなんてできない。アミリアに裏切られて、アリスおばあちゃんが死んで、図書館の個人ブースに「グレイソンはここにいた」って彫《ほ》りたかったのに彫れなくて、その代わりにオーディションに申しこんだ、なんて。

「そうか」ようやく先生が言った。「そう思ってくれてよかった。今年の演劇は、脚本《きゃくほん》がすごくいいんだ。ほかに例を見ない傑作《けっさく》と言っていい。そんな年に参加を決めてくれて、ほんとうによかった」

劇作家っておもしろい仕事なんだろうな、と思った。どの登場人物にどんなことが起こるか、全部自分で決められるんだから。そう思うと笑みがうかんだ。フィン先生は相変わらず真剣《しんけん》な顔でぼくを見ている。ぼくがなにか言うのをまだ待っているみたいに。

「先生に聞いておこうと思ってたんです。オーディションではどんなことをするんですか？」

やっとそう言えたと思ったら、ベルが鳴った。どきりとする。

「ああ、ベルは気にしなくていい。三時間目は自習だったね」

「はい」ぼくはほほえんで、バックパックを足元に置いた。

「ちょうどよかった。オーディションは簡単だよ」先生はそういうと、教卓《きょうたく》の引きだしから※ホールパスを出して、机に置いた。

「オーディションに申しこんだとき、置いてあった資料を持っていっただろう?」

「資料?」ぼくはごくりとつばをのんだ。

「持っていってないのか。いや、心配しなくていい」先生は、引きだしを開けて赤いフォルダーを取り出し、そこからホチキス留めした紙を出した。ぼくの気持ちを読みとったのか、こう言った。

「なにも暗記はしなくていい。一ページ目に、劇の概要《がいよう》が書いてある。そのあとは脚本《きゃくほん》からの抜粋《ばっすい》が一ページか二ページずつ。それぞれに役名がついている。自習時間でもランチタイムでもいいから、全部に目を通して、どの役がやりたいか考えておいで。同じ抜粋をステージにも置いておくから、オーディションのときはそれを読むだけだ」

ちょっと間を置いた。ぼくの不安が伝わったらしい。

「グレイソン、きみは文章をしっかり読みこんで、登場人物の心情を理解するのが得意じゃないか。とにかくそれを読んで、これだと思える役を選んでごらん。きみならきっと行間まで読みとれる」

ぼくはホールパスに目をやった。こんなときに自習なんかしてられない。

「劇はどんな話なんですか？」

「神話をもとにしたものだよ。去年、ギリシャ神話を勉強したときに出てきたペルセポネを覚えているだろう？」

「なんとなく。四季をつくった女神ですよね」

「そのとおり。今回の作品では、ペルセポネはきみと同年代の女の子という設定だ。母親といっしょにオリンポス山に住んでいたが、冥界《めいかい》の王ハデスにさらわれてしまう。劇の内容は四季ができた経緯《けいい》が中心だが、さらわれたペルセポネが家に帰るまでの戦いも描《えが》かれている」

ぼくはうなずいた。「だれがどの役のオーディションを受けてもいいんですか？」

「もちろん！」先生は壁《かべ》の時計を見て、ホールパスにぼくの名前と時間を書くと、それをぼくにくれた。「これを。それと、グレイソン。オーディションに申しこんでくれて、うれしいよ。新しいことに挑戦《ちょうせん》するのは勇気がいるものだ」

ぼくはバックパックを手にしながら、ステージに立つ自分の姿を想像した。

「ありがとうございます」ぼくは答えて、笑みを返した。この想像だけは、消えていかないはずだ。

※ホールパス…授業時間中に生徒がろうかを歩くことを認める許可証。

11

三時に終業のベルが鳴ると、ぼくは教科書を全部バックパックにつめて、ロッカーから上着を出した。ろうかはごったがえしていた。講堂に向かうのも、ひと苦労。魚の群れの中を泳いでいるような気がした。

講堂の巨大《きょだい》な空間に、人の姿はなかった。円形をした板ばりのステージに引かれたカーテンの奥《おく》では、だれかが動いている気配がある。ぼくは、折りたたみいすが並べられた客席の最前列に座って、フィン先生にもらった資料をめくった。最初から最後まで、三回読んだ。けど、もう一度目を通しておくことにした。

分厚いベルベットのカーテンは少しだけすき間があって、その向こうからフィン先生の声が聞こえる。

「今日はこの配置を変えたいんだ。ここのいすは反対側に、この長テーブルはこっちに置きたい」

「そうね」女性の声が聞こえる。机やいすを引きずる音がする。

ほかの生徒たちが、ぽつぽつとやってきた。ほとんどはうしろのほうの席に座るけど、何人かはぼくの近くにやってきた。一年生のときにやった演劇を、また思い出した。ステージの照明がすごくまぶしくて、客席が全然見えなかった。ステージにいるクラスメートたちしか目に入らなかったのを覚えている。

アンドルー・モイヤーがぼくのうしろに座った。八年生で、ここ何年かずっと、劇の主役をしている。ちらっとふりかえってみた。黒いTシャツ、前を開けたフランネルのボタンダウン、真剣《しんけん》な緑色の目。同じく八年生のペイジ・フランシスとリード・アクスルトンもやってきて、アンドルーのとなりに座った。三人とも、中心的な役をやることになるんだと思う。ぼくはすぐに前を向いて、三人をじっと見ていると思われないようにした。きっと三人とも、ぼくのことなんて全然知らないだろう。ぼくなんかがひとりで最前列に座っているから、変だと思っているかもしれない。

フィン先生が、カーテンのこちら側に出てきた。髪《かみ》も服装もひどく乱れている。ざわざわした講堂が静かになると、先生は髪をなでつけ、みんなに笑いかけて、「ようこそ」と声をはりあげた。七年生を担当しているランデン先生が、マイクスタンドを持ってカーテンから出てきた。ジャックはいつも、ランデン先生の授業は最悪だって言っているけど、やさしそうな先生だ。にこにこしているし、年も若そう。長いブロンドの髪を三つ編みにして、背中にたらしている。マイクスタンドをフィン先生の前に置いて、マイクを手わたした。

「ありがとう、サマンサ」フィン先生は、カーテンの奥《おく》にもどっていくランデン先生の背中にお礼を言った。

「オーディションへようこそ」今度は声が講堂のすみずみまでひびきわたった。胸がどきどきする。「今日は、先生がとても楽しみにしていた『ペルセポネの物語』のオーディションを行います。これまで同様、校長先生には心から感謝しています。ここポーター中学校の芸術プログラムを支援《しえん》し、演劇作品を練習、発表する機会を与《あた》えてくださって、どうもありがとうございます」

フィン先生は、最前列のいちばん端《はし》の席にいる校長先生を見て、ほほえんだ。その表情はちょっとこわばっていて、形ばかりの笑みにも見えた。ぼくもそっちを見た。校長先生はなにも言わず、骨ばった足をきちんと組んでいる。そのやせぎすの体より、折り目正しいスーツに存在感がある。みんなが拍手《はくしゅ》したので、ぼくも拍手した。校長先生は立ちあがり、みんなに手をふった。まわりの色をすべて吸いとってしまったかのような、真っ黒な目をしている。

フィン先生が続ける。

「ではこれから、ランデン先生とぼくとで、ひとりずつ名前を呼ぶ。終わったら帰ってよろしい。ただ、待っている間はできるだけ静かにしていてほしい。友だちとせりふを練習したければ、小声でやるぶんにはかまわない。カーテンは半分閉めたままにするので雑音はかなりさえぎれるはずだが、あまりうるさくなりすぎないように注意してほしい」

先生は客席を見わたして、ぼくに向かって笑いかけてくれた。ぼくはもう一度ふりむいて、アンドルーとペイジとリードを見た。

「オーディションの結果は、冬休み明けの月曜の朝、ぼくの部屋のドアにはっておくので、各自見てほしい。全員になにかの役がつくから、そのつもりで。この劇には、せりふもない小さな役がたくさんあるんだ。妖精《ようせい》とか、冥界《めいかい》の魂《たましい》とか。だから、出演を希望する人は全員が出られる。だれもあぶれない」

フィン先生はマイクスタンドからマイクをはずして持ち、ステージの端に移動した。

「では、『ペルセポネの物語』の簡単なストーリーを説明しよう。みんな、五年生のときにギリシャ神話を勉強したと思うが、それを忘れてしまった人のために。また、資料の一ページ目を読んでいない人のために」

アンドルーとペイジとリードの小さな笑い声が、うしろから聞こえた。

「ペルセポネは、収穫《しゅうかく》の女神である母親のデメテルとともに暮らしていた。祖父はゼウスだ」

「おお、ゼウスよ！」アンドルーが低くて大きな声で言った。講堂にいる全員が笑った。ぼくはまた、ふりかえった。アンドルーはフィン先生を見てにこにこしている。

「続きを聞いてくれ」フィン先生も楽しそうだ。「ペルセポネが冥界《めいかい》の王ハデスにさらわれたことを、デメテルはなげきかなしみ、すべての作物が枯《か》れてしまった」

ぼくはお母さんとアリスおばあちゃんのことを思い出しながら聞いていた。「ゼウスはハデスのところに行き、ペルセポネを解放せよと言った。ハデスはこれに応じたが、条件があった。ペルセポネは一年の半分を冥界で暮らす。この間、作物は育たない。そして残りの半分を母親の元で暮らす。この間、世の中は豊穣《ほうじょう》にめぐまれることになる——というものだ」

「それで季節が生まれたんだ！」リードが声を上げる。

「そのとおり」とフィン先生。

先生はみんなを見わたした。「質問がなければ、オーディションをはじめよう」さらに一分待って、うなずいた。「みんな、がんばってくれ。いい演技をしてくれると期待しているよ。ではまず、アンドルー・モイヤー」

ぼくは、手元の資料に目を落とした。「応援《おうえん》していてくれよ」というアンドルーの声が聞こえる。顔を上げると、客席を出たアンドルーが、ステージへの階段を一段とばしに上っていった。

ステージ上の会話は全部は聞こえないけど、アンドルーがゼウス役に立候補しているのはわかった。ランデン先生が、赤い表紙の脚本《きゃくほん》を差しだす。アンドルーはそれをめくって、ひとつ深呼吸をしてから読みはじめた。せりふのかけあい部分は、ランデン先生が相手をしているようだ。ぼくは資料の四ページ目を開いた。ゼウスのところだ。耳をすませて、アンドルーの声を聞きとろうとした。

ぼくもゼウスに立候補しようと思っていた。けどアンドルーが相手じゃ、かないっこない。上級生だし、背も高い。ぼくよりりっぱなゼウスになれるだろう。不安な気持ちで資料をめくり、ほかの役のせりふを読んだ。つめをかんでしまう。

ステージ上のアンドルーが、脚本をランデン先生に返すのが見えた。軽くおじぎをして笑い声を上げる。すばらしかったよ、と言うフィン先生の声も聞こえる。うしろの席からペイジが出ていき、もどってくるアンドルーに笑いかけた。ペイジは自信たっぷりだ。黒いロングスカートについたスパンコールがきらきらしている。でもぼくは、てかてかで、だぶだぶのジャージ。昔はこのズボンを、ペイジがはいているような、ふわふわのスカートだと思いこむことができたのに。

ステージに上がったペイジは、ペルセポネのせりふを読むと言った。当然だ。ぼくは耳をすませた。ハデスにさらわれたペルセポネが、お母さんのところに返して、とハデスに言う。大きくてはきはきした声。しかもすごくドラマチックだ。ぼくは二ページ目のペルセポネのページを開いた。そして周囲を見まわした。

ペイジの次はリード。アンドルーとペイジはリードの番が終わるのを待って、コートを着て講堂から出ていった。ぼくは壁《かべ》の時計に目をやりながら、ひとり、またひとりと、順番が進んでいくのを見守った。資料のページをゆっくりめくる。ゼウスのせりふを読んでおかなきゃならないのに、どうしても集中できない。

もうすぐぼくの番だ。心臓がどきどきしている。とうとう名前が呼ばれた。講堂に残っている生徒は、うしろのほうで帰る支度をしている七年生の女子ふたりだけ。なにか小声で話したり笑ったりしながら、上着を着て、長い髪《かみ》をまとめている。ライラとアミリアを思い出した。くやしさと、せつなさが――いつものかなわぬ願いが――全身をかけぬける。

心臓のどきどきが止まらない。階段をゆっくりのぼってステージに上がると、カーテンの奥《おく》に作られた小さな空間に立った。講堂のドアが閉まる音がひびく。さっきのふたりが帰っていったんだ。ステージ上はうす暗く、分厚いベルベットのカーテンに囲まれている。フィン先生とランデン先生は長テーブルにつき、ぼくに笑いかけると、前に置いたノートのページをめくった。まだなにも書かれていない。

笑みを返そうとしたけど、急にひざがガくがくしてきた。心臓が体の外に飛びでてしまったような、変な感じがする。ランデン先生が差しだす脚本《きゃくほん》に目をやった。まるで宙にういているように見える。受けとった。

「グレイソン、ずいぶん待たせたね」フィン先生はそう言って、ランデン先生を見た。「サマンサ、この子はグレイソン。六年生で、ぼくのクラスなんだ」

「こんにちは」ランデン先生は言って、ノートにぼくの名前を書いた。「演劇のオーディションははじめて？」

ぼくはうなずいて、脚本に目を落とした。赤い表紙に金色の文字で書かれた『ペルセポネの物語』というタイトルが輝《かがや》いている。その下に見えるのは、自分の黒いジャージ。もう一度、これはペイジのはいていたスカートと同じなんだ、と思おうとした。でもだめだった。心臓は相変わらず早鐘《はやがね》を打っている。その音に押《お》しつぶされてしまいそうだ。鼓動《こどう》がつくる小さな波が、四方から押しよせてくる。

脚本をめくる。冥界《めいかい》という言葉が目に飛びこんできたとき、アリスおばあちゃんのひつぎを思い出した。うす茶色のひつぎは、シャベルでかけられる土と、降ってくる雪の下に消えていった。アミリアとライラのおそろいのスカートや、ペイジのスパンコールつきスカートが目にうかぶ。そしてもう一度考えた。このズボンがスカートならいいのに――。

「グレイソン、どの役を選んだのかな？」フィン先生が言う。濃密《のうみつ》で暖かな空気の中に、先生の声はやさしくひびいた。ぼくは先生の顔を見たけど、答えることができなかった。どういうわけか、頭にうかんでくるのは、これまで何年もかかえてきた思いだけ。このズボンが、ライラやアミリアやペイジがはいているようなスカートだったらいいのに。みんなの目にも、そう見えていたらいいのに。昔は、これがスカートだと思いこみさえすれば、なにもかもうまくいったのに。

自分の部屋のクローゼットには、てかてかのジャージやバスケ用の短パンがたくさん並んでいる。どれも、つやと光沢《こうたく》があって、色もあざやかだ。明るい黄色、黒、灰色、金、銀。だけどいまのぼくには、ズボンはズボンでしかない。丈《たけ》の長いTシャツも、ワンピースには見えなくなってしまった。もうぼくはぼくでさえない。そんな思いが、頭の中でだんだんひとつにまとまっていった。あとは口に出すばかりだ。

両手に目を落とした。かんで短くなったつめを見て、フィン先生を見た。ステージはしんとして、だれもなにも動かない。フィン先生とランデン先生は、ぼくの答えを待っている。

ぼくは口を開いた。

「ペルセポネのせりふを読んでもいいですか？」

12

だれも動かない。なにも言わない。ぼくの発した言葉だけが、霧《きり》みたいに空中に漂《ただよ》っていた。心臓の音が聞こえる。フィン先生はぼくを見ている。ランデン先生はフィン先生を見ている。フィン先生は落ちついた表情で、ぼくをじっと観察しはじめた。ぼくは下を向きたかったけど、そうはしなかった。

フィン先生は深く息を吸った。「なるほど」と言ったあと、また黙《だま》りこんだ。灰色のペンを手にして、それをじっと見つめる。これからどんな物語を書こうかと考えているみたいだ。

ぼくは動けなかった。フィン先生とランデン先生から、目をはなすことができない。どれくらい時間がたったのだろう。ぼくには無限の時が過ぎたように思えた。ようやくフィン先生が口を開いた。

「ぼくが思うに――」ゆっくり話しはじめた。考えながらしゃべっているようだ。

「きみがペルセポネ役のオーディションを受けちゃいけない理由は、ひとつもない」ぼくはうなずいた。鼓動《こどう》が落ちついて、ふつうに呼吸できるようになった。

「ただし、それはオーディションの話だ」フィン先生は間を置いて続けた。「つまり、そう、オーディションを受けることはなんの問題もない。だれでも、好きな役のオーディションを受ければいいんだ。だが、グレイソン」ぼくの目をじっと見ながら言う。

「これだけは言っておかなきゃならない。ぼくたちが、ペルセポネはきみが演じるのがいいと思ったとしても、いろいろと話しあいが必要になる。観客がどう反応するか、考えなきゃならない」

ライアンとセバスチャンの顔が真っ先にうかんだ。また心臓の音が大きくなる。みんながどう感じるかなんて、考えてもみなかった。「じゃ、ぼく——」言いかけたとき、フィン先生にさえぎられた。

「だが、いまからそんな心配をしなくてもいいだろう」フィン先生は、よしと言うようにうなずいた。「グレイソン、やってみろ。ペルセポネのせりふを読んでくれ」

ペルセポネ。その名前が頭の中をぐるぐる回りはじめた。みんなの反応なんて、考えるのもいやだ。「男子が女子の役をやるんだって！」と言われるだろう。ライアンとセバスチャンの顔がまたうかぶ。ほかのみんなも、どう思うだろう。そして、少しだけ迷った。やっぱりゼウスにしようか。それともオーディションのことなんか忘れてしまおうか。けど、フィン先生の褐色《かっしょく》の目はやさしくて温かい。長テーブルの前で、ぼくはどうすることもできなかった。そんなとき、どこから来たんだろう——。やさしい手の形をした影《かげ》が近づいてきて、ぼくの肩《かた》を包んだ。ハンドクリームと、皮をむいてふさに分けたばかりのミカンの香《かお》りがする。にげないで、と言われたような気がした。ぼくは目を閉じた。無限の闇《やみ》の中に、金色の光がいくつもまたたいている。その光に意識を集中させてから、目を開けた。

「何ページですか？」

ランデン先生がもう一度フィン先生を見た。フィン先生がうなずくと、ランデン先生はせきばらいをした。

「二十七ページよ。ハデスがペルセポネに、冥界《めいかい》で幸せに生きろと言うシーン。ペルセポネの役をやりたい人は何人かいるけど――」もう一度せきばらいをした。

「ここを読んでもらうのは、ペルセポネが激しい感情を見せるところだからなの。感情の高まりをどんなふうに表現するか、見せてもらうわ」

ランデン先生も脚本《きゃくほん》を開いた。「ハデスのせりふはわたしが読むわね。途中《とちゅう》でわたしたちがメモをとっていても、気にしないで。心配しないで続けてちょうだい。二十七ページのいちばん上の行から。心の準備ができたら、いつでもどうぞ。それと、グレイソン」

ぼくはうなずいて息をのんだ。

「がんばって」ランデン先生は、そう言った。

ぼくは脚本に目を走らせ、自分でも気づかないうちに読みはじめていた。ペルセポネがハデスの玉座のまわりを歩いている。いくつもある窓をひとつずつ見て、涙《なみだ》をこらえる。自分がそんな状況《じょうきょう》になったらどうだろう、と思いながら読んだ。難しいことじゃない。それに、冥界《めいかい》の闇《やみ》に包まれた庭園は、ぼくの前にも広がっている。

「わたしを解放して」ハデスをふりかえり、きっぱりと、しかし感情を押《お》しころして言った。ハデスの目に悪意がみなぎる。こんなやつに負けてたまるか、と思った。

「お母様にはわたしが必要なの」読みながら、それだけじゃない、と思った。ペルセポネは〝わたしにもお母様が必要なの〟と思っているはずだ。ナイトスタンドの写真に写っているお母さんの顔を思いうかべると、声がぐっとつまった。

「そんなことがあるものか」ランデン先生がハデスのせりふを読む。

「おまえはここで暮らすのだ」

「いやよ」声が落ちついてきた。ペルセポネの思いもこもっている。

「こんなところでは暮らせない」

「ほしいものはなんでも与《あた》えてやるぞ」ランデン先生が読む。「もちろん、無理なものもあるだろうが」

ぼくはハデスの冷たい目をのぞきこんだ。「お母様はきっと、わたしを助ける方法を思いつく。おじい様も手を貸してくれるわ。ううん、わたしが自力でにげてみせる」

ハデスがおそろしい声で笑う。こちらがいくらハデスの焦《あせ》りを買おうとしても、力の差は歴然としている。

「お願い。家に帰らせて！」

勝利を確信したハデスは、にやりと笑った。ペルセポネはそのときふと、まだ打つ手はあると気がついた。一歩前に出る。

「わかったわ」ハデスと同じくらい冷たい声で言った。

「ここに残りましょう。けれど、この冷たく暗い、悪の王国にいる間、わたしは決して笑わない。なにも食べない。なにもしない。家に帰ることだけを考えて生きていくわ」

とつぜん、フィン先生が「やめ」と言った。ぼくは脚本《きゃくほん》の二十八ページから顔を上げた。遠い世界からワインカラーの空間にもどってきたような気分だった。

フィン先生とランデン先生は、ぼくをじっと見てから、ゆっくり顔を見合わせた。ふたりの顔に笑みがうかぶ。「ありがとう、グレイソン」フィン先生はぼくに視線をもどした。

「ほんとうにすばらしかった」

ぼくは、なんだかぼうっとしたまま、先生に脚本を返した。あとは、だれもなにも言わなかった。

「じゃあ、また明日」しばらくして、フィン先生はようやくそう言った。

ぼくはカーテンの外に出た。ステージの照明のせいで目がちかちかする。木の階段を下りると、ごくりと息をのんだ。講堂の床《ゆか》はこんなに固かっただろうか。そのとき生まれてはじめて、足が地を踏《ふ》んでいると実感した。

第２章　母の手紙

13

折りたたみいすに置いておいた荷物をつかみ、自分が自分でなくなったような感覚のまま、上着を着てバックパックを背負い、校舎のわきのドアから外に出た。もう暗くなっている。空気が冷たくて、はく息が白い霧《きり》のようになる。

道路をわたってから、ふりかえって、ポーター中学校を見た。校舎の中の明かりはまだほとんどついている。黒い空を背景に、学校全体が光っているみたいだ。東側の体育館のドアが開いて、女子が何人か出てきた。しゃべったり笑ったりしている。フットボールの練習は何時に終わるんだろう。先生が三人、中央の大きなアーチ型ドアから出てきた。肩《かた》にかけたトートバッグから荷物があふれて落ちそうだ。三人は急な階段を下りて、駐車場《ちゅうしゃ》に向かっていった。

急に疲労《ひろう》が押《お》しよせてきた。けど、ステージ上で経験したことをすべて思い出してみることにした。ペルセポネの役をやりたいとフィン先生に言う前、ぼくはなにを考えていたんだろう。なんだか記憶《きおく》がぼやけている。

そのとき、ランデン先生を相手に読んだペルセポネのせりふがよみがえってきた。これは、はっきり思い出せる。完璧《かんぺき》に読めたと自分でも思う。ぼくはペルセポネそのものだった。笑みがわいてくる。体育館のドアがまた開いて、女子が何人か出てきた。バスケットボールを持っている。〝ほんとうにすばらしかった〟と、フィン先生は言ってくれた。お世辞じゃなかった。ぼく自身も、すごくうまくできたと思う。

歩道のわきに、雪がたくさん積まれている。かけあがって、反対側の雪をかぶった芝生《しばふ》に飛びおりた。「やった！」声を上げると、歩道を歩いていたおばあさんがふたり、こちらを見た。ぼくは雪の上をかけまわった。冷たくて足首が痛くなってきたころ、バスがやってきた。ステップをはずむように上る。女性の運転士は軽くほほえみながらぼくを見ていた。ぼくは名札を見て「ハーイ、ドリ」と声をかけた。ドリには子どもがいるのかな、と思った。ドリも楽しそうに答えた。「こんばんは」

ぼくはにっこり笑って、運転席のすぐうしろの空席に座った。バックパックをとなりの席に置いて、アミリアのことを考えた。

とつぜん、息ができないくらいのパニックに襲《おそ》われた。ぼくは学校で、女子の役のオーディションを受けたんだ！　アミリア、ライラ、ミーガン、ハナ、ヘイリー。五人がランチルームで固まって座っているところが目にうかぶ。ヘッドバンド、三つ編み、ロングヘア、ただとかしただけの髪《かみ》――それぞれ特徴《とくちょう》のある頭を寄せあうようにして、なにかしゃべっている。

会話や笑い声が、いまにも聞こえてきそうだ。

「うそ、そんなことやったの？　気持ち悪ーい！」

横に置いたバックパックをひざの上に移して、その上に顔をうめる。バスが発車した。

家にはだれもいなかった。バックパックを部屋に持っていき、床《ゆか》に置くと、鏡に映った自分を見た。フィン先生とランデン先生は、ぼくをどう思ったんだろう。ぼくはペルセポネになりきっていた。先生たちが見ていたのは、ぼくだろうか。ペルセポネだろうか。

考えちゃいけない、いくらそう思っても、女子たちの顔がまた頭にうかんできた。ライアンとセバスチャンもそこに加わる。ライアンの視線がぼくにつきささる。拳《こぶし》で目を強くこすると、目の奥《おく》に火花が散って、みんなの顔は見えなくなった。今日のことは忘れて、早く宿題のレポートを書いてしまおう。でもその気になれなかったので、ベッドに横になり、またオーディションのことを考えた。ペルセポネになりきっていた、あのときの感覚をよみがえらせたかった。

やがて、玄関《げんかん》のドアが開いて閉じる音がした。サリーおばさんとエヴァンおじさんとブレットがリビングにいるらしい。ジャックがぼくの部屋のドアをどんどんたたいて、夕食だぞと言った。

ぼくはブレットのとなりに座って、テイクアウトのラザニアを自分のお皿に取りわけた。

胸がいっぱいで食欲がない。食べ物をただつつきまわしていたら、エヴァンおじさんがぼくの目の前に手をのばして、水のピッチャーをつかんだ。

「残念だったな、結局コスタリカに行けなくなって」おじさんはみんなのグラスに水を注いでくれた。

「どういうこと?」ジャックが言った。「友だちは、みんな、すごい旅行をするってのにさ。アーロンなんか、南アフリカだぜ」

「ふむ」エヴァンおじさんは上げていた腰《こし》をおろして、ラザニアに息をふきかけた。

「すまない。どうしようもないんだ。職場がてんやわんやでな」と続けると、サリーおばさんを見た。「サリー、きみは少しは休めるんだろう? どうするつもりだ?」

「そう聞かれてもね」サリーおばさんは含《ふく》み笑いをした。「休みがとれても、することなんて思いつかないわよ」

「学校はどうだった?」おじさんが聞いた。

「別に」ジャックが答える。「もうすぐ冬休みだし、これといってなにもないよ」

一瞬《いっしゅん》、ジャックが四年生のとき理科の自由研究で賞をもらったのを思い出した。夏休み、ジャックはテッサおばさんとハンクおじさんの住むミシガン湖沿いの別荘《べっそう》に行って、いろんな形の巣箱を設置してきた。のび放題のバラのしげみにつりさげられた巣箱に、※イエミソサザイがやってきて、小さな穴から出たり入ったりしていたのを覚えている。ジャックはいつから、いろんなことをめんどくさがるようになってしまったんだろう。思い出そうとしても思い出せない。

「ブレット、今日はどうだった？」エヴァンおじさんが聞く。

「楽しかったよ。学童でね、ルシアが水筒《すいとう》の水をパソコンのテーブルにこぼしちゃったんだ。すごく怒《おこ》られてた。だって、パソコンのテーブルには水筒を置いちゃだめって言われてるからね。それから、今日は集会があったよ」

「へーえ、どんな集会だい」エヴァンおじさんが言う。サリーおばさんはにこにこしながら、ブレットのお皿のサヤインゲンを食べやすくカットしはじめた。

「わかんない。変な衣装の人が楽器を演奏してた」

「学童交響《こうきょう》楽団の弦楽《げんがく》四重奏だよ。休み中もコンサートをやるんだって。けど、入場できるのは小学生だけなんだ」ジャックが素早く反応した。

サリーおばさんはブレットの野菜をカットするのをやめて、顔を上げた。エヴァンおじさんといっしょに、ジャックを見つめる。「なんだよ？」ジャックが言った。「学校のろうかにはってあったチラシを見ただけだよ」

エヴァンおじさんはせきばらいをした。

「グレイソン、おまえはどうだった？　なにかおもしろいことはあったか？」

すぐには答えられなかった。お皿のラザニアをつつきながら、ステージのやわらかいカーテンや、濃密《のうみつ》な空気を思い出していた。

「春の演劇のオーディションを受けた」

おじさんもおばさんもジャックも、食べるのをやめてぼくを見た。すごくびっくりしている。ブレットはみんなの顔を見まわした。

「どうしたの？　グレイソン、すごいね。ぼくたちももうすぐ劇をやるんだよ」ブレットは、そう言うと、またみんなを見まわした。「どうしたの？」

ジャックの顔に笑みがうかぼうとしている。ぼくはお皿に視線を落とした。

「中学校の演劇は、フィン先生が指導するんだよな？」ジャックが言う。

「うん。それがどうしたの？」

ジャックは首を横にふった。「あの先生、すごくゲイっぽいんだよな」ばかみたいに、にやにやしている。ぼくは立ちあがってジャックをけとばしてやりたくなった。けど、そんなことはできない。いすの黒い革に、つめをめりこませた。

「ジャック！」おじさんとおばさんが同時に言った。

「なんてことを。ジャック、いったいどうしたっていうの？」おばさんがしかる。

「フィン先生って、学校でいちばんいい先生だって聞いたよ」ブレットが言う。

「そうだよ。先生が舞台監督《ぶたいかんとく》なんだ。すごい先生だよ」ぼくは答えて、ジャックをにらみつけた。耳に火がついたみたいに熱い。

「どうだかね」ジャックは手の甲《こう》で口をふいた。「どうせ、眠《ねむ》たくなるような劇ばっか、やってんだろ」そう言うと、おばさんからおじさんへ、そして自分のお皿に視線を移す。そしてフォークを置いた。「別にいいだろ。学校の演劇なんて、どれもそんなもんだよ」

「いいかげんにしなさい。あなただって、小学校のときは毎回といっていいほど劇に出ていたじゃない。演劇部にも入っていたし。忘れたの？」

ジャックはおどけた顔でやりすごそうとする。おばさんはぼくを見てほほえんだ。

「グレイソン、がんばったわね。オーディションなんて、よくやったと思うわ。ねえ、あなた」

「そうだな。グレイソン、よくやった。で、出られるかどうか、いつわかるんだ？」

おじさんもうれしそうだ。

一瞬《いっしゅん》心臓が止まりそうになった。

「みんなが出られるんだよ」つっかえそうになりながら、早口で答えた。

「ぼくは市長さんをやるんだ」ブレットが言う。「グレイソンの役はいつ決まるの？」

これ以上は話せない。「冬休み明けの月曜日だよ」そう答えて、いすをうしろに引いた。「レポートを仕上げなきゃ。もういいかな。ごちそうさま」自分のお皿をキッチンのカウンターに置き、いぶかしげな顔をした四人を置いてダイニングを出た。

翌日は、落ちつかない気分だった。体育館で思いきり走ってきたいような気もしたし、保健室で寝《ね》ていたい気もした。ノートを開いて、教卓《きょうたく》についたフィン先生を見る。無言のメッセージを視線で飛ばした。

「ペルセポネをぼくにやらせてください！」同時に、胃がずんと重くなった。そんなの無理に決まってる。先生は一度顔を上げて、ぼくの視線をとらえてくれた。思わず顔が真っ赤になる。目をそらして窓の外を見た。積もった雪が灰色になっている。

一、二時間目の間ずっと、アミリアのようすを横目でうかがっていた。アミリアはライラと目配せしたり、口だけ動かして会話したりしている。アミリアは大きな字でノートになにか書くと、そのページを破って、机の下で広げて遠くから見えるようにした。ライラはそれを見て、両手で顔をおおって笑いだした。ベルが鳴るまでに、アミリアのレポートは、まだページの半分しか書けていなかった。

ぼくは床《ゆか》のバックパックに手をのばした。

「きのうの放課後、どうしたの？」アミリアが聞いてきた。「家の人のおむかえでもあったの？」

「ううん」ぼくはなんでもないような表情を作った。深呼吸をして、アミリアの目を見る。

「演劇のオーディションを受けたんだ」

アミリアの顔がぱっと明るくなった。「ほんとう？」

「うん。舞台監督《ぶたいかんとく》はフィン先生だよ」

「すごいわね、グレイソン！　新しい友だちがたくさんできるわよ！」アミリアは、バックパックを背負って、長い髪《かみ》を両手でつかんだ。そんなにほっとしなくてもいいのに、とぼくは思った。

「ランチは？　また図書室に行くの？」

「うん」ぼくがそう答えたときには、アミリアはライラの机に向かって歩きだしていた。自分がランチルームであの子たちと座っていたなんて、信じられない。教卓《きょうたく》の前を通るとき、ぼくはフィン先生とは目を合わせず、そのままひとりでろうかに出た。

※（P97）イエミソサザイ…スズメ目ミソサザイ科の小さな鳥。体は茶色、褐色のものが多い。

14

金曜日の放課後、ぼくはバス停のガラスの囲いの中に立ち、背中を丸めていた。フィン先生は、ぼくにペルセポネの役をくれるだろうか。それが気になってしかたがないのに、あと二週間は結果を知らずにすむのをありがたいとも思う。いまは希望だけ持っていられるし、なにも心配しなくていい。このまま時が止まればいいのに。休み明けの月曜日の朝、みんながわくわくしながらフィン先生の部屋の前に集まるんだと思うと、その光景を想像しただけでおそろしくなる。

風がふきあれている。アミリアが来た。なにを話したらいいんだろう。アミリアとライラがおそろいのスカートをはいているのを見たときの気持ちは、これからもずっと話すことがないと思う。だいたい、なんて話せばいい？　〝おそろいのスカートをはくのはぼくだったはずなのに〟とでも？　深く息を吸った。アミリアとはいい友だちでいよう。でも、仲良くなりすぎないようにする。

アミリアのようすが、なんだかおかしい。「どうしたの？」と聞いてみた。

「ライラったら、ひどいの」アミリアは、はきすてるように言った。「わたしがアッシャーのことが好きだって、アッシャーに言ったの！」

「えっ、アッシャーが好きなの？」聞くつもりはないのに、聞いてしまった。全身が氷に包まれていたのに、その氷が溶《と》けかけている。そんな奇妙《きみょう》な感じがした。かたくなな怒《いか》りが、ほどけていくのがわかる。

「ていうか、問題はそこじゃないでしょ。友だちって、そういうことするものじゃないでしょ？　ホント、むかつく」アミリアは、バスはまだかと言うように道路を見た。

「ライラもアッシャーが好きなのかもしれないね」ぼくはそう言って、帽子《ぼうし》を耳がかくれるくらい深くかぶった。

アミリアはぼくを見た。「アッシャーなんて嫌《きら》いよ」

「そっか」

「そりゃ、ちょっとイケてるとは思うけど」

ぼくはにやりとした。笑顔なんて見せたくなかったけど、つい笑ってしまった。アミリアも笑い声を上げた。そのとき、バスが来た。ふたりで乗りこむ。

並んで座ると、秋のあのころにもどったような気がした。レイク・ビューの歩道で落ち葉を踏《ふ》む音が聞こえてきそうだ。女子のグループがランチルームでひそひそ話しあっているようすを思いえがいてしまったけれど、そんな想像は頭から追いだした。

「冬休み、どこかに行くの？」聞いてみた。

「ううん。お父さんと奥《おく》さんといっしょにフロリダに行くことになってたけど、ドタキャンされちゃった。奥さんの仕事の都合ですって」

「ふうん」アミリアとまた仲良くしようなんて、やめたほうがいい。頭ではそう思っていた。

「ほかに予定は？」

「とくにないわ。みんな、どこかに出かけるみたいね」

「うん」深く息を吸った。「またレイク・ビューに行こうよ」

「そうね」アミリアはすぐに答えた。

「ねえ、それか、別の店に行かない？　お母さんと見つけたの。ウィッカー・パークにあってね。いい感じなの。古着っぽくないっていうか」

「へえ。いいね！」

「じゃ、明日はどう？　たしか、23番のバスで行くの。お母さんに聞いてみる。予定も確かめて、あとで電話するわ」

「わかった。楽しみだね」


次の朝、窓にふきつける風の音で目が覚めた。外を見ると、湖面の氷が新雪でおおわれていた。除雪車が脇《わき》道を走っている。でも太陽は出ている。もう九時だ。バスが出るのは九時四十五分。急いでシャワーを浴びて、キッチンに行った。まだ家全体が眠気《ねむけ》に包まれている。サリーおばさんは、リビングの二人がけソファに座っていた。スウェットパンツとTシャツ姿でノートパソコンを開き、なにか読んでいる。テレビはミュート状態。映像はニュース番組だ。

サリーおばさんは老眼鏡を額に押《お》しあげた。「おはよう、グレイソン。よく眠れた？」

「うん」ぼくは答えて柱時計を見た。

「九時四十五分のバスだったわね？」

「そうなんだ」

「あとで合流しなくて、ほんとうにいいのね？　ウィッカー・パークからタクシーに乗ってくれば、みんなといっしょにプラネタリウムを見に行けるのよ。時間的にちょうどいいの。エヴァンおじさんもわたしも、地下でおばあちゃんの書類をちょっと片づけなきゃならないから、あっちに着くのは十一時半くらいになるし」

おばさんの口からアリスおばあちゃんの話を聞くと、にげだしたくなる。

「いいんだ。買い物がすんだら、まっすぐ帰ってくる。それに、ぼくたちもどれくらいかかるかわからないし」

「わかったわ。気が変わったら携帯《けいたい》に連絡《れんらく》してね」

　黙《だま》ってうなずいた。

「ねえ、グレイソン。ゆうべ、おじさんとふたりで話していたの。あなたが演劇のオーディションを受けたって聞いて、わたしたちすごくうれしいのよ。どう？　結果がどうだか不安？」

〝不安に決まってる！〟大声でさけびたかった。〝不安で死にそうだよ。なんにも手につかないくらい。〟

「それにしても残酷《ざんこく》よね。みんな、休みの間、気が気じゃないでしょうに」おばさんはにっこりしたけど、ぼくはちょっとむっとした。

「別に、先生はそんなつもりじゃないよ。じっくり考えて決めたいと思ってるんだ。ちゃんと考えてやってくれてるんだよ」そう言ってから、ほんとうにそうかなと思えてきた。

　サリーおばさんは少し傷ついたようだった。ぼくはまた時計を見た。おばさんには悪いと思ったけど、どうフォローしたらいいかわからなかった。

「もう行かないと。アミリアが待ってる」

「そうね。行ってらっしゃい」おばさんはぼくをじっと見て言った。ぼくはキッチンに行って、食料庫からグラノーラバーと水を一本出し、外に出た。

ウィッカー・パークの歩道は、雪が溶《と》けかけてぐちゃぐちゃになっていた。交差点でバスを降りると、アミリアのあとについて半ブロックほど歩き、古着屋に入った。ウインドーは明るくて、流行の服が並んでいる。ぼくたちが着いたとき、ちょうど女性の店員が〈閉店〉の札をひっくり返して〈営業中〉にしたところだった。店員はぼくたちのためにドアを支えてくれた。

「おはようございます！」

店員は笑いかけてくれた。ぼくたちが中に入るのを待って、店中のブラインドを上げていく。日差しを受けて、レジカウンターや床《ゆか》がぴかぴか光っていた。

女性の店員がそのほかにふたりいた。「なにかお探しですか？」ひとりが聞く。赤いタートルネックのセーターをかっこよく着こなして、黒い髪《かみ》はきゅっとまとめておだんごにしている。

「いえ、ただ見せてもらおうと思って」アミリアが慣れた口調《くちょう》で答える。アミリアはぼくに「わたしたちのお目当てはこの奥《おく》よ」と言うと、ぼくの腕《うで》を引き、奥のフロアに入った。そこにはだれもいなかった。ぼくたちだけの貸しきりみたいなものだ。

この店は〈セカンドハンド〉よりずっといい。品ぞろえがよくて、明るい感じがする。〈セカンドハンド〉は安っぽくて品がない。床がかたむいていたり、防虫剤《ざい》のにおいがしたり。

ただ、思い出すとなつかしくなる。丈《たけ》が長くて光沢《こうたく》のあるシャツを探しまわった記憶《きおく》ばかりがよみがえってくる。

ラックにかかっている服も、こっちのほうが新しい。見ているうちに、濃《こ》い紫《むらさき》色のセーターを見つけた。体にぴったりフィットしそうな形だ。それを腕にかけ、静かなフロアをさらに歩きまわった。

目の前にスカートのラックがある。ロングスカートを一枚取り出した。サイズはXS、値段は十五ドルと札に書いてある。高くかかげて顔に近づけた。生地はクリーム色で、すごくうすい。アンティークな感じだ。すそまわりにとても素敵な刺《し》しゅうがあって、レースのリボンには小さな琥珀《こはく》色のビーズがついている。ペルセポネに似合いそうなスカートだ。

深いワインカラーのカーテンに包まれた、濃密《のうみつ》で暖かい空気の中に、心がふらふらともどっていった。脚本《きゃくほん》の表紙に書かれたタイトルは金色の文字で、そこだけちょっとへこんでいた。あの感覚が指先によみがえる。心臓のどきどきいう音が耳の奥に残っている。腕にかけた紫色のセーターの上にスカートを重ね、試着室に入った。

セーターを壁《かべ》のフックにかける。試着室のすみには小さなスツールがあるけど、使われている布地はすごくいやらしい緑色。表面には裂《さ》け目があって、黄色いウレタンフォームがのぞいている。その上にスカートを置いて、ズボンをぬいだ。

アミリアがとなりの試着室のカーテンを開けて、中に入ったようだ。

「いいのがたくさんあるわね」という声が聞こえた。うすい仕切りの下からアミリアの足が見える。ハンガーをフックにかける金属音がする。

「そうだね、すごいよ」ぼくは答えて、横着に足をふり、湿《しめ》った靴《くつ》をぬいだ。黄土色のカーペットに落ちた雪の固まりが溶《と》けて、靴下にしみてくる。頭がぼうっとしていた。自分が自分じゃないみたいだ。

「わたし、ここでお母さんに素敵なワンピースを買ってもらったの」アミリアがとなりの試着室から話しかけてくる。ぼくはスカートをはいて、サイドのファスナーを上げた。ぴったりだ。鏡に一歩近づいた。小さなビーズが足首をくすぐる。サイコロをふたつ手でふっているときみたいな、あるいは雨粒《あまつぶ》が落ちてくるときみたいな、かすかな音がした。

「なんかいいの、見つかった？」アミリアが言う。

ぼくは靴下をぬいだ。

「うん」上の空で答えた。横を向いて鏡を見る。またサイコロの音がした。雨粒の音。心臓の音。顔を上げた。鏡は床《ゆか》から天井《てんじょう》までの大きなものだ。うしろからだれかに見られているんじゃないかと不安になったけど、まわりには試着室のベージュの壁《かべ》があるだけ。念のためふりかえってみた。だれもいない。

カーテンを開けた。窓の横に、大きな三面鏡がある。ここに存在するのは、ぼくと、このスカートだけ。スカートをはいた自分を明るいところで見たい。

カーペットがぬれていたけど、かまわずはだしで前に出た。鏡の前に立って、自分を見つめる。髪《かみ》がのびてきたところだった。白いTシャツのすそを持ちあげて、スカートが全部見えるようにした。ウエストもぴったり。レースがほんとうに美しい。

とつぜん、鏡にアミリアが映った。古い靴下がくしゅくしゅと丸まって、白い足首が見えている。家から着てきたピンクのTシャツに紺《こん》のデニムジャケットを重ね、お花もようのロングスカートを合わせている。笑顔だった。瞳《ひとみ》が輝《かがや》いて、踊《おど》っているみたいだ。ぼくは息ができなくなった。

アミリアは頭をうしろにのけぞらせて、笑った。髪がゆれている。

「グレイソン！　なにそれ？　最高！」鏡の中で、アミリアの目がぼくの体を上から下へなぞり、琥珀《こはく》色のビーズをとらえてから、またぼくの目にもどってきた。ぼくはアミリアを見つめたまま。アミリアの顔から笑みが消えていく。どういうことなの、という表情でぼくを見ている。鏡の中で、また目が合った。

アミリアが急にまじめな顔になった。「グレイソン、なんのつもり？」小声で言って、鏡に映った店内のようすをうかがっている。遠くのほうから店員の声が聞こえる。ぼくたちは横に並んで、おたがいの姿を見ていた。アミリアは髪《かみ》をかきあげて、さっきと同じことを言った。「グレイソン、なんのつもり？　頭がおかしくなったと思われるわよ」ぼくは、動けなかった。

「グレイソン！」声をひそめたまま、アミリアが言う。

ライラのはいていた真っ赤なスカートが目にうかぶ。あれは、ぼくがはくはずだったんだ。ぼくはアミリアに向きなおり、大きく見開かれた目と、そばかすの散った白い肌《はだ》を見た。アミリアは声をふつうの大きさにもどし、窓を見て言った。

「わたし、帰らなきゃ。十時半と十一時のバスがあるの。すぐ帰るかもってお母さんに言ってあるし」

「わかった」口が勝手に動いて答えているようだった。

アミリアはうつむいた。「グレイソンはどうするの。帰るの？　まだここにいる？」

「帰る」

ぼくたちは急いで服を着がえた。スカートを試着室にぬぎすてたまま、外に出る。空気がこおっているかのようだ。

バスに乗るころには、また雪が降りだしていた。ぼくたちは並んで座り、前を見ていた。指先もつま先も冷えきっていたけど、うなじだけは、火がついたように熱かった。フィン先生の部屋のドアにはりだされるキャスト表は、どんなふうに書かれているんだろう。それを頭から追いはらうことができない。急に、やっぱりぼくには無理だ、と思えてきた。ペルセポネの役なんかもらってしまったら、どうしたらいいんだろう。けど同時に、ペルセポネの役をもらえなかったら？　と考えた。そんなこと、考えるだけでつらい。バスに酔《よ》いかけているような気がして、曇《くも》った窓ガラスを丸くこすった。外が見たい。けど、こすったところもまたすぐに曇ってしまう。しかたなく、目の前にある青い座席のひび割れをじっと見つめつづけた。

アミリアもぼくも黙《だま》っていた。沈黙《ちんもく》って、こんなに自己主張の激しいものだったのか。どうしてなんだろう。バスがようやくランドルフの停留所に着いた。早く降りたいのに、体が動かない。足が痛い。もう、なにもかもおしまいだとわかっていた。フィン先生がぼくにペルセポネの役をくれなくても、アミリアはみんなに今日のことを話すだろう。ランチタイムの話題になるにちがいない。〝スカートを試着する男子なんて、ありえない！　それも、すっごくかわいいスカートだったの！〟

うわさは疫病《えきびょう》みたいにまわりに広がって、ぼくはみんなの注目の的になる。

よろけながらバスを降りると、ランドルフ・ストリートをわたった。雪がえり元にふきつけて服の中まで入ってくる。けど、首すじの熱であっというまに蒸発してしまいそうだった。

15

※ドアパーソンがガラスのドアを開けてくれた。ふらふらと中に入ると、サリーおばさんとエヴァンおじさんの姿に気がついた。ふたりはロビーの奥《おく》のほうで寄りそうように立ち、エレベーターを待っている。おじさんの手には大きなマニラ封筒《ぶうとう》。ふたりとも、なにか興奮したようにしゃべっている。

ぼくは大きく息を吸うと、なんでもないという顔を作ろうとした。けど、歩くと足がふるえる。鏡ごしにぼくを見つめるアミリアの目が忘れられない。

「ただいま」小さく声をかけ、おじさんとおばさんに近づいた。ふたりはさっとふりかえった。

「グレイソン、もう帰ってきたのか！」エヴァンおじさんが言って、おばさんと目を見合わせた。ふたりの視線がマニラ封筒に向かう。ポーンという音がして、エレベーターのドアが開いた。体が熱い。上着をぬいだ。エレベーターに乗りこむと、おばさんがボタンを押《お》した。

「なにかあったの？」

ぼくはふたりの微妙《びみょう》な笑顔を見て、聞いた。しゃべっているだけでだるくなってきた。けど、平気なふりをした。さっきの出来事を現実から追いだしてしまいたい。

おばさんがおじさんを軽く小づく。

「いや、おばあちゃんの遺品を調べていたら、おまえがすごく興味を持ちそうなものを見つけたんだ」おじさんが言った。胸がどきりとした。顔がどんどん熱くなってくる。

「なに？　それがそうなの？」

「ああ」おじさんはマニラ封筒をぼくに差しだした。赤いペンで〝リンディからの手紙（グレイソンにわたしてください）〟と書いてある。

額に、汗《あせ》がにじみはじめたのがわかる。

「おばあちゃんが、グレイソンのためにとっておいてくれたみたいよ」おばさんがにっこり笑った。「きっとずいぶん昔のものね。すごいじゃない、グレイソン」

ドアが開いたのに、動けなかった。おばさんに背中を押《お》され、エレベーターを降りた。

「グレイソン、どうしたの？」おばさんがろうかでとつぜん立ちどまった。ぼくの顔をのぞきこむ。「具合でも悪いの？　熱があるじゃない！」ぼくの額に手を当てた。ぼくはアミリアの驚《おどろ》いた目と、手に持った大きな封筒のことを考えていた。〝リンディからの手紙〟。

おばさんの手に、そのまま体を預けてしまいたい。でもそうはせず、「わからない。なんだか体がふわふわする」と答えた。目も熱い。封筒を見て、裏返してたずねた。

「これ、どこにあったの?」

「だいじょうぶか?」おじさんもぼくの額にふれた。「わからないな。熱があるようなないような」

「ねえ、これ、どこにあったの?」

「おばあちゃんのファイル。アデルがまとめてくれたものの中にあったの」おばさんはあわてたようすでかぎを出し、ドアを開けた。「まずはぬれた服をぬぎなさい。話はそれからよ。おばあちゃんはきっと、病気になる前に、これをまとめてしまっておいてくれたのね。読ませてもらおうかと思ったけど、やめたわ。あなたのものだから」

体が宙にういているような感じがする。封筒《ふうとう》に目をこらした。リンディ。お母さんの名前。アリスおばあちゃんの丸い字で書いてある。よろけるように部屋に入った。足の動く速さと、まわりがうしろに流れていく速さが、合っていないみたいだ。足の感覚がない。湿《しめ》ったズボンをぬぎ、床《ゆか》にそのままにして、ベッドに入った。シーツが冷たくて、足が凍《こお》りつきそうだ。

封筒を目の前に置いた。心臓がどきどきする。目が焼けるように熱い。ドアが少し開いて、サリーおばさんが「入っていい?」と顔をのぞかせた。うしろにエヴァンおじさんもいる。

ぼくは、うなずいた。

「口を開けて」おばさんの手には体温計があった。

ぼくが言われたとおりにすると、おじさんがベッドの足元に腰《こし》をおろした。

「よかったら、代わりに読んでやるぞ。おまえには、なんのことかわからないかもしれないし——」

体温計の電子音が鳴った。おばさんがぼくの口からそれを取って、「ちょっと高いけど、たいしたことないわ」と言った。またぼくの目をのぞきこむ。

「グレイソン、アミリアとなにかあったの？　帰りがすごく早かったけど」

ぼくは目をそらして、壁《かべ》にかけられた絵を見た。鳥に焦点《しょうてん》を合わせる。

「別に。なにもないよ」

おばさんがぼくを見つめつづけているのがわかる。「そう。ねえ、これをいっしょに読ませてもらってもいい？　ひとりで読むのはつらいと思うから」

「いやだ！」即座《そくざ》に答えて封筒を手にした。「だいじょうぶ。ひとりで読めるから」

急に、ひとりになりたくてたまらなくなった。

「わかったわ」おばさんが言うと、おじさんも立ちあがった。

「なにかあったら声をかけてくれ」

うなずいた。ふたりは部屋を出ていってくれた。

封筒を何度もひっくり返してから、開けた。

中身をゆっくりベッドに出す。水色の封筒《ふうとう》に入った手紙が三通出てきた。あて先はアリスおばあちゃん。手書きの文字を指でなぞり、消印の日付に目をこらした。古いものから順にベッドに置く。封筒の角と角をきっちり合わせて、きれいに並べた。息を止めていたことに気がついて、はあっと息をはいた。

一通目を手に取り、ひっくり返した。差し出し人の住所は、クリーブランドの青い家のものだった。アリスおばあちゃんは、のり付けされたところをめくるのではなく、ペーパーナイフを使っていたらしい。封筒の上辺に、まっすぐな切れ目が入っている。キッチンの引きだしにぴかぴかのペーパーナイフをしまっておいて、それを使って封筒を開けるおばあちゃんの姿が目にうかぶ。そのペーパーナイフは、いまどこにあるんだろう。お母さんは封筒をなめて閉じたんだと思う。その部分をなぞってから、のり付けの部分をめくってみた。目を閉じた。お母さんのぬくもりを感じたい。

体が、ふわっとうきあがったような気がした。あぐらをかいて座った格好《かっこう》のまま、ベッドの上にういている。リビングのテレビの音も足音も聞こえない。まわりは漆黒《しっこく》の闇《やみ》。封筒のずっしりした感触《かんしょく》だけが伝わってくる。目を開けて、封筒の中をのぞきこんだ。

水色の封筒に、ピンク色のカードが入っていた。赤紫《むらさき》に近いような、あざやかなピンク色。それを引っぱり出した。カードには写真がはさんである。そのとき、周囲の闇に亀裂《きれつ》が入った。だれかの視線を感じる。ドアのほうを見たけど、だれもいない。カードを開き、写真を取り出した。写真は二枚。一枚ずつ、前に置いた。

いつだったか、テッサおばさんとハンクおじさんの湖の別荘《べっそう》に遊びに行ったとき、湖の端《はし》の浅いところで、湖底の砂地までもぐってみたことがある。鼻をつまんで足を組み、目を開けると、まわりは深緑一色。上から光の筋が何本も差していた。静けさが、かえって耳をついたのを覚えている。いまもそんな感じだ。まずは写真を見よう。一分だけ。それから手紙を読んで、また写真を見ようと決めた。

静けさが耳の中でうなりを上げている。写真に目をやった。最初からしっかり見てしまうのはもったいない。一枚目は、お母さんが病院のベッドで赤んぼうを抱《だ》いている写真。ぼくだ。ぼくの小さな背中を、お母さんの手がやさしく支えている。二枚目は、ぼくが小さな子どものころの写真。カメラを見上げている。背景はぼやけているけど、ぼくの顔ははっきり写っている。

ピンク色のカードをつかんだ。手に汗《あせ》がにじんでいる。カードにしわをつけてしまいそうだ。けど、そんなこと、お母さんは気にしないだろう。折り目を開いた。一行目は日付。九月六日とある。消印の日付をもう一度見た。お母さんは、事故のちょうど一年前に、これを書いたんだ。

九月六日
お母さんへ
こんにちは。ごぶさたしています。お元気ですか？　今日は記念に残る日です。グレイソンが保育園に入ったの！　ちょっと心配だったけど、もうだいじょうぶ。着せかえ人形のお洋服も、お絵描《か》きの道具も、たくさんあるの。だからうまくいきそうよ。
前に話した写真を送るわね。先生によると、名前入り絵本は、作るのにしばらくかかるんですって。でも、届いたらすぐ、そちらに一冊送ります。
写真、かわいいでしょう！　家族の愛をこめて。

リンディより

写真をすぐそばに置いた。空気が重たく感じられる。ほかの手紙も読んでから、これをもう一回読むことにしよう。これはお母さんが選んだ写真なんだ。お母さんがかわいいと思ったぼくの写真は、最後にじっくり見たい。
カードにできてしまったしわをなるべくきれいにのばして、封筒《ふうとう》にしまった。ふるえる手で二通目を開ける。中身はまたピンクのカード。外側には紫《むらさき》色のペンでなにかぐちゃぐちゃと書いてある。折り目をそっと開いた。

十二月三十日
お母さんへ
子どものためのギリシャ神話の本、とても素敵。グレイソンが、おばあちゃんありがとう、と言っています。なんて書いてあるか、読める？　翻訳《ほんやく》するわね。「おばあちゃん、クリスマスのごほん、ありがとう！」よ。
グレイソンは、あの本にすっかり夢中なの。わたしもポールも、読んで、読んでって何度も言われて。いいえ、正確に言うと、夢中なのは、本の中にある『ペルセポネの物語』なの。あまりにも気に入ってるから、前に話した絵に、フェニックスを描きいれようかと思ってる。もうすぐ完成するのよ！
ありがとう、お母さん。愛をこめて。
リンディとグレイソンより

お母さんが描いた絵を見上げた。ぼくはいままでずっと、赤と黄と青の羽を持った鳥を見つめてきた。あれはフェニックスだったんだ！　五年生のときに読んだ本を思い出した。鳥が炎《ほのお》の中に飛びこんでいく。集めた灰は、魔法《まほう》でもかかったかのように、やがてひとつの形を作っていき、また鳥になる。目が熱い。お母さんが木製の小さな筆を持って、赤や黄や青の絵の具をつけ、鳥を描《か》いていく——そのようすが目に見えるようだ。パレットを使ったのかな。紙コップは？　お母さんの手をにぎりたい。しわや傷をひとつひとつ確かめたい。無理だとわかっている。だから三通目の封筒《ふうとう》を手に取った。これにも写真が入っているようだ。ピンクのカードを出すと、写真がひざに落ちた。表が上になった。

写真のぼくは、目を輝《かがや》かせている。鏡の前で、ピンクのチュチュを着ている。

九月三日
お母さんへ

これがうわさの傑作《けっさく》写真よ。たまらなくかわいいでしょう？　ゆうべは話を聞いてくれてありがとう。夫もわたしも正しいことをしているって、心の中ではわかってる。だけど、グレイソンが保育園に通いはじめてからのこの一年間は、ほんとうに苦しかった。息子《むすこ》に女の子の格好《かっこう》をさせるなんて、非常識な親だ、まわりからそう思われているような気がして。

この間お母さんの言ったとおりよ。グレイソンはグレイソンなの。自分は女の子だって言いはるんなら、女の子なんだと思う。わたしたちは親としてグレイソンを支えてあげなきゃね。グレイソンには、自分に正直に生きていってほしいから。
このことを秘密にしておいてくれて、ありがとう。夫もわたしも、グレイソンに、自分らしく堂々と生きていくことのできる強い人間になってほしいと思ってる。心からのハグとキスを贈《おく》ります。

リンディより

※（P114）ドアパーソン…ホテルや高級マンションで、ドアの開閉や案内をする人。

16

部屋に夕闇《やみ》が忍《しの》びこんできた。でも、暗いのか、まぶしいのかもわからない。だれかが絵筆を持って、闇夜と白昼の間を行ったり来たりしているみたいだ。光が届けば、世界は水晶《すいしょう》になる。ハンドクリームとミカンのにおいが、また漂《ただよ》ってくる。

そんな世界の中で、写真をながめた。これが、お父さんとお母さんが見ていた、ぼく。ぼくに見えるのは、病院のベッドでお母さんの腕《うで》に抱《だ》かれた赤んぼう。お父さんの手は？きっとカメラを持っているんだろう。ぼくの目は糸のように細い。白い毛布に体を包まれ、お母さんに見守られている。お母さんは疲《つか》れて眠《ねむ》そうだけど、すごくうれしそうだ。

次の写真に写っているのは、ぼくの顔だけ。お父さんの手にふれたい、とまた思った。カメラから手を引きはがして、ぼくの手でにぎりたい。どこからか差してくる光のせいで、ぼくの青い目とブロンドがより色あざやかに見える。ぼくは落ちついた表情をしている。まわりの人がなにを考えていても関係ない、とでも思っているようだ。顔の下には白いシャツ。それに重なるように、青紫色《むらさき》のなにかがぼんやり写っている。もしかしたら、と思った。もしかしたら、この写真は――。

最後の一枚を見ているうちに、呼吸をするのも忘れてしまった。ぼくは鏡の前にいる。鏡のすみにフラッシュが反射して、お母さんとお父さんの顔だけが消えてしまっている。お父さんはカメラを持って、お母さんはお父さんの腰《こし》に手を回している。ぼくはふたりに背を向けて、鏡に笑いかけている。ジーンズと白いTシャツの上にピンクのチュチュ。手にはプラスチックの杖《つえ》。銀色のリボンがゆれている。

目を閉じると、このときの記憶《きおく》がよみがえってきた。幼いころの記憶で、こんなにはっきり完全に思い出せた出来事は、ほかにない。内側をベルベットでおおった宝箱に入れて、胸の奥《おく》に大切にしまっていた、そんな思い出だ。

お母さんとぼくは、草のしげる小高い丘《おか》のてっぺんにいる。海を見わたせる場所だ。蒸し暑い空気に包まれていた。ぼくは、赤と黄と青の服を着ていた。ぬるま湯にひたっているみたいに、空気が重い。風でシャツがふくらみ、髪《かみ》が乱れる。

「ほら、手をはなして」とお母さんが言う。

「両手を横に広げてごらんなさい。鳥さんみたいになれるわよ」

17

全身のうちで、目が最初に働きはじめた。もののりんかくだけが見える。サイドテーブルに置かれたグラス。でも水は見えない。窓わく。ガラスは見えない。絵のフレーム。絵は見えない。

それから音が聞こえるようになった。遠くで電話が鳴っている。人の声がする。大きな声だけど、押《お》しころしているようにも聞こえる。

「もしもし。まあ、フィン先生！」サリーおばさんのくぐもった声が大きくなったり、小さくなったり。そのうち、どんどん大きくなった。鼓膜《こまく》をたたかれているみたいだ。

長い沈黙《ちんもく》が訪れた。

「サリー、本人と話してみよう」エヴァンおじさんの声。お父さんの声もあんな声だったのかな。ドアが閉まる。テレビの音。足音。ぼくはあおむけに寝《ね》て、ぬるま湯にうかんでいる。

ここに越《こ》してきたばかりのころも、夜はこんなふうだった。いまなら思い出せる。それまでとはちがう枕《まくら》カバーのにおい。ドアのすき間からもれてくる細い光。光の筋はベッドの角のところで曲がってラグマットの上を進み、ドレッサー近くで消えていた。行きどまりの道路みたいに。

体が熱い。眠《ねむ》っているのに起きているような感じ。いろんな映像が細切れに見える。ベッドサイドのランプがとつぜんついた。なにかが爆発《ばくはつ》したみたいな明るさを、まぶたごしに感じた。紙の音。そして静寂《せいじゃく》。

「大変。エヴァン、これを読んで」

小声。紙を開いたり閉じたりする音。

だれかがベッドに座った。マットレスがしずむ。

「この写真」

紙の音。静寂。呼吸音。

「なんてこと。エヴァン、これ、どういう意味だと思う?」

答えがない。「エヴァン!」サリーおばさんがさけぶ。

「どういう意味もなにもないだろう。そういうことだ。疑う余地もない」

静寂。

いまの会話は本物だろうか。よくわからない。首に毛布が当たってちくちくする。足が動かせるようになった。上がけをけって、目を開けた。エヴァンおじさんの顔がすぐそばにあった。ぼくの目を見て、あごを見る。やさしいまなざしがぼくの顔を包む。

トイレの床《ゆか》が見える。清潔で真っ白でぎらぎらしている。気分が悪い。熱い背中をおじさんが支えてくれている。トイレの水を流す音。目をそらして、シンクにつかまる。ひんやりしたタオルが首に当てられた。眠《ねむ》ったまま歩いているみたいだ。ベッドにもどった。どんどん暗くなる部屋で、眠りに落ちていく。

やがて、朝が近づいてきた。だれかが上がけを直してくれたようだ。部屋が明るくなってきた。目を開けて最初に見たのは、ベッドの上にかけられた絵のフェニックス。ゆうべのことはすべて夢だったんだろうか。けど、視線をおろすと、水色の封筒《ふうとう》三通は、ベッドサイドのランプにきちんと立てかけられていた。

18

ゆっくり体を起こす。口の中がからからだし、体に力が入らない。水色の封筒をじっと見たけど、現実のこととは思えない。夢を見ていたみたいなのに、封筒は目の前にある。三通目を手に取った。お母さんはこの手紙を書いてすぐに事故にあったんだ。ピンクのカードを取り出した。

〝グレイソンはグレイソンなの〟ってどういうこと？　お母さんの声で直接そう言ってほしい。チュチュを着た写真を見た。〝グレイソンには、自分に正直に生きていってほしい〟って？　頭の中がぐちゃぐちゃだ。でも、やっぱりそうだったんだ。お父さんもお母さんもおばあちゃんも、あのことを知っていた。それを認めてくれていた。

両足をゆっくりベッドのわきにおろして、立ちあがった。血が下がって目まいがする。きのうの朝からなにも食べていないし、飲んでいない。クローゼットにズボンを取りに行く途《と》中《ちゅう》、鏡に映った自分が見えた。着ているのは白いTシャツと下着だけ。とつぜん、お店の鏡に映ったアミリアの黒い瞳《ひとみ》を思い出した。また暗闇《くらやみ》が押《お》しよせてくる。ベッドにもどった。スプリングがきしむ。そのとき、ドアが細く開いて、エヴァンおじさんが顔をのぞかせた。

「グレイソン、起きたのか？　気分はどうだ？　サリー！　グレイソンが目を覚ましたぞ」

バタバタという足音が聞こえて、おばさんがやってきた。おそるおそる部屋に入ってくる。

「グレイソン、具合はどう？　だいじょうぶ？」

「たぶん」そう答えたけど、きのうのことを思い出すと、悪寒《おかん》や不安が押《お》しよせてくる。細切れの言葉が押しよせてきて、文を作ろうとしているような感じだ。ベッドに腰《こし》をおろして、部屋の入り口に立つおじさんとおばさんを見た。

「グレイソン」サリーおばさんがおずおずと口を開いた。「あの手紙のことだけど。おじさんとふたりで、ゆうべ読ませてもらったわ。わたしたち、知らなかったのよ。あんなことが書いてあるなんて知らずに、あなたにわたしてしまったの」

おばさんは足元を見て、ぼくの顔を見ようとしない。「わたしたちが、先に読むべきだったわ」

「あなたも動揺《どうよう》したわよね」消えいりそうな声だった。「ごめんなさいね」

エヴァンおじさんはおばさんを見ている。ぼくは話の続きを待った。なにがそんなに悲しいのか、ちゃんと言ってほしい。けど、おばさんの話はそれでおしまいだった。

「グレイソン、服を着てリビングにおいで。そこで話をしよう」おじさんが言う。

「さっきテッサが来て、ジャックとブレットを別荘《べっそう》に連れていってくれた」気まずそうな表情でおばさんに目をやる。

「手紙のこと以外にも、話しあわなきゃならないことがあるんだ」おばさんを見たまま、そう言った。

ぼくはなにも感じなかった。ぼく自身が鏡になったみたいに、かけられた言葉をほとんどはねかえしてしまう。ズボンをはいて、髪《かみ》をとかした。顔色が悪い。のどがかわいた。リビングまで行くには行ったけど、感覚がなくて、目の奥《おく》に綿がつまっているみたいだ。四歳《さい》のころにもどったような感じ。

ソファに座り、おじさん、おばさんと向かいあった。ぼくのとなりのサイドテーブルには、水の入ったグラスと、たぶんおばさんがいれてくれたお茶のマグカップ。水をゆっくり飲んで、赤いクッションをひざにのせた。自分を守る盾《たて》のようなつもりで、それをかかえた。

エヴァンおじさんは髪に手ぐしを入れて、両手をじっと見つめてから、話しはじめた。

「グレイソン、いくつか話しあわなきゃならないことがあるようだ」

ぼくは動かなかった。

「ひとつめは、さっきサリーおばさんが言ったように、お母さんからの手紙を読んで、さぞかし混乱しただろうということだ。手紙になにが書いてあるか、わたしたちは知らなかった。それに、お母さんが手紙に書いたことをどう考えたらいいのか、わたしたちにはわからない」

おじさんはぼくの顔をしげしげと見た。「おまえがどう考えたのかも、わからない」

だれもなにも言わない。「手紙には……」しばらくして、おじさんが続けた。

「グレイソンには自分らしく生きてほしいと書いてあった。そして、写真がそえられていた。

ピンクのドレスのやつだ」

「チュチュだよ」思わず訂正《ていせい》した。

「え？」

「あれはチュチュっていうんだ」

「そうかわかった。あれは、ずいぶん幼いころの写真だよな」

また気分が悪くなってきた。

「おまえが話したくなければ、いま話しあう必要はない。だが、おじさんもおばさんも、これだけはわかってほしいと思っている。なにかあったら、いつでもわたしたちに相談してくれ。どんなことでもいい」

「グレイソン、そんなことわかっているわよね」おばさんがつかえながら早口で言う。ぼくはおばさんの赤くなった顔を見て、なにも考えずにうなずいた。おじさんは返事を待っているような顔でぼくを見ている。けど、ぼくはなにも言えなかった。部屋には時計のふり子の音だけがひびいていた。

しばらくすると、おじさんはせきばらいをした。

「このことだけでも頭がいっぱいだろうと思う。これ以上は考えられない、そう思っているかもしれない。だが、もうひとつ話があるんだ。きのう、おまえが部屋にいて——手紙を読んでいる間に、フィン先生から電話があった」

そういえば、サリーおばさんが電話で話しているのを聞いたような気がする。かすかな記《き》憶《おく》がよみがえって、心臓がどきどきしはじめた。

「先生はわたしたちに意見を求めようと——」

「あなた、ちがうわ」おばさんが口をはさんだ。「わたしたちは意見を求められたんじゃなくて、話を聞かされただけよ」

「ああ、わかった。先生が話してくれたのは、先生が検討中の——」

「エヴァン、検討中じゃないわ。先生はもう決めたとおっしゃっていたの」サリーおばさんはすごく怒《おこ》っている。表情も険しいし、まなざしも冷たい。おばさんのそんな顔を見るのははじめてだ。

たまらず、声をはりあげた。

「先生は、なんで電話をくれたの？」

ぼくの声にエヴァンおじさんは驚《おどろ》いたようだ。「グレイソン、演劇のオーディションで、女性の役をやりたいと言ったそうだな」

心臓が口から飛びだしそうだ。うなずいた。

「グレイソン」おばさんが困りはてたように額にしわを寄せた。「どうしてなの？」

「サリー、落ちつきなさい」おじさんがおだやかに声をかける。

「ごめんなさい」おばさんは言った。「ただ、わたし、グレイソンのことが心配なのよ。どうしてわざわざそんな、みんなにからかわれそうなことをするの？　子どもって残酷《ざんこく》なものだし、中学のころはとくにそうでしょう。ねえ、グレイソン、おばさんはあなたのためを思って――」

「ねえ、先生はなんて言ったの？」

「ちょっと待ってくれ」エヴァンおじさんが口をはさんだ。「それはあとで話そう。その前に、サリーおばさんの言ったことを考えてみてくれないか。大事なことだ。おまえがほんとうにやりたいなら――つまり、女の子の役をやりたいなら、やるべきだと思う。わたしはそう思う」おじさんはそう言って、おばさんの顔を見た。

「だが、グレイソン、おばさんの言っていることはほんとうだ。学校のみんなが温かく受けとめてくれるとは思えない」

「じゃ、先生は――」

「聞いてくれ、グレイソン。わたしたちは、おまえがここに来る前からそうだったなんて、あの手紙を読むまでは知らなかったんだ」

「ここに来る前から――？」

「ここに来たばかりのころ、グレイソンはいつも女の子の格好をしていたのよ」おばさんは続ける。「お母さんの手紙に書いてあるのって、そういうことでしょう？」

ぼくは赤いクッションをつかむ手に力をこめた。「ここで？」

おじさんがうなずいた。「どういうことなのかわたしたちにはわからなかった。おまえの一家がクリーブランドに引っこすよりだいぶ前から、おまえのお父さんとわたしは交流をなくしていたんだ。それは後悔《こうかい》してもしきれないことだが――だから、おたがいの家庭のことを知らなかった」眼鏡《めがね》をはずし、額の汗《あせ》をふく。

「そんな」声にならない。

「でも、あなたが女の子の格好をしていたのは、最初のころだけよ」おばさんが早口で付け加える。「お母さんの手紙にあるとおり、あなたはここに来てから二か月か三か月の間、自分は女の子だって言いはっていたの。だけど、保育園のスターン先生に相談したら、そんなのはふつうのことだ、両親を亡くしたショックのせいだ、一時的なもので、そのうち元にもどるだろうって言われたし、実際そうだったわ」

おじさんはおばさんを見た。

「ああ。だが、サリー、グレイソンが自分は女の子だと言いはるのをやめたのは、わたしたちが説得したからだ。男の子みたいにふるまえば、ジャックに意地悪されなくてすむよ、と」そしてぼくに向きなおった。

「おまえはよく、わたしの肌着《はだぎ》をワンピースのように着ていた。子どもには丈《たけ》が長かったからな。そして、よくすそにつまずいて転んでいた。あれはそういうことだったのか。知らなかった。知っていたら……」

「エヴァン！」おばさんがおじさんの言葉をさえぎる。「そうじゃないわ。わたしたちは、男の子はそういう格好《かっこう》をしないものよ、と言いきかせただけよ」

てのひらが、汗《あせ》でじっとりしてきた。ごくりと息をのむ。「それで、ぼくは女の子の格好をやめたの？」

「ええ、もちろん。なんの問題もなかったわ」おばさんはすかさずそう言った。

「だが、ジャックがグレイソンに意地悪をしたのはほんとうじゃないか」おじさんはおばさんに言った。ぼくが目の前にいることを忘れているかのようだ。「だからグレイソンは言うことを聞いたのかもしれないぞ。ジャックにいじめられるのはもういやだ、と思って」間《ま》を置いて続ける。

「だから、わたしたちは――リンディとポールがやっていたようには、グレイソンの気持ちを尊重してやれなかったんじゃないか?」お父さんの名前を口にしたとき、おじさんは涙声《なみだごえ》になった。

おばさんは深く息を吸った。「あのときはみんな大変だったのよ」ぼくのほうを見る。「グレイソンが来て、ジャックはすごく不安だったのよ。まだ五歳《さい》半だったんだもの。やっていいことと悪いことも区別できないし、ブレットはまだ赤ちゃんだったし。だから――」

おじさんが話をさえぎった。「だが、この子たちは仲良くなったじゃないか」おばさんのほうを見る。おじさんは笑顔を作ろうとしているようだった。「苦労したのはほんの二、三年だ」

ぼくはふたりを見つめた。自分の身の上話の前編を読んでいるみたいだ。これでようやく真実が明らかに、みたいなやつ。

「どうしていままでだれも、そのことを教えてくれなかったのかな」

「それは……」おばさんが言った。

「あのころのことなら、あなた自身が覚えていると思っていたわ」

ぼくは、あぜんとしておばさんを見つめた。

「でも、グレイソン、いま大切なのは、これからどうするかをみんなで考えることよ。これが、あなたにとっていいことなのか悪いことなのか。つまり、その役――ペルセポネの役をあなたが演じるべきかどうかってこと。フィン先生は、あなたに決めたとおっしゃっていたわ。でもそれを公表する前に、確認したいんですって。あなたがまだほんとうにやりたいと思っているのかどうか。だから、いまなら簡単に――」

「ぼくがペルセポネ?」

ぼくは立ちあがった。赤いクッションが床《ゆか》に落ちる。

「ええ。そこがそもそもの問題なのよ」おばさんはそう言うとおじさんを見て、またぼくを見た。

とつぜん、ぼくの顔は勝手ににこにこしはじめた。おばさんの泣きそうな顔を見て、真顔にならなきゃと思うのに、顔から笑みが消えていかない。同じことをもう一度言った。その言葉のひびきを自分の耳で確かめたかった。

「ぼくがペルセポネなんだね!」

「こんなこと、ありえないわ!」おばさんはぼくを見上げて、声を荒《あら》らげた。「フィン先生もひどいわよ。この子がどんなひどい目にあうと思ってるの!」さっきまで泣きそうだったおばさんは、いまは猛烈《もうれつ》に怒《おこ》っている。となりにいるおじさんは、降参しましたというように体を小さくしている。両手でひざをこすりながらぼくを見上げた。ぼくは、お父さんとお母さんの顔を写真でしか知らないけど、いま、ぼくのすぐ横に立って、背中に手をそえてくれているように感じた。自分がステージに立ってスポットライトを浴びているところが目にうかぶ。着ているのは、流れるような美しいドレス。

「グレイソン、だいじょうぶか?」おじさんが不思議な顔をしてぼくを見ている。

「うん」ぼくは、にこにこしたまま答えた。

「全然だいじょうぶ」

19

夕食後、テッサおばさんとハンクおじさんが、ジャックとブレットを送ってきてくれた。

「おまえ、病気をうつすなよ」とジャックは言って、ぼくを避《さ》けて自分の部屋に入っていった。ドアがバンと閉まる。

小さいころはこんなんじゃなかった。ふたりで決めた秘密のノックをすると――トン、トン、ドン、ドン、ドン――ドアを開けてくれた。テッサおばさんとハンクおじさんがヨットに乗せてくれたときは、すごく楽しかった。ブレットは、サリーおばさんとエヴァンおじさんといっしょに桟橋《さんばし》でお留守番。風が強くて日差しがまぶしかった。小さな湖の対岸あたりで、ヨットに葦《あし》がからまって転覆《てんぷく》したけど、ジャックとぼくは、かびくさい救命胴衣《どうい》を着ていたから、水面にぷかぷかういて大笑いしていた。ジャックはぼくの手をにぎって、ひっくり返ったヨットによじのぼるのを助けてくれた。ヨットの底は白くてつるつるだったのを覚えている。

ブレットはだれもいないろうかを見てから、ソファのぼくのとなりに座った。

「まだ具合悪いの？」

「ううん、だいじょうぶだよ」ぼくは答えた。テッサおばさんとハンクおじさんは、なにをどこまで聞いたんだろう。ふたりは玄関《げんかん》からぼくに手をふってくれた。演劇のことも知っているんだろうか。考えると不安になる。

そのままずっと、ソファに座っていた。夜遅《おそ》くなっても、サリーおばさんとエヴァンおじさんはぼくたちを寝《ね》かせてくれない。ぼくはブレットといっしょに『スターウォーズ』のDVDを楽しんでいるふりをしたけど、頭の中は考えごとでいっぱいだった。両親のことを考えるときはいつも、ナイトスタンドの写真の顔を思いうかべるだけだったけど、今日はちがう。あの手紙を受けとったおかげで、両親の存在を間近に感じることができる。

冬休みがやけに長く感じられた。サリーおばさんとエヴァンおじさんは、なるべくぼくに干渉《かんしょう》しないようにしているようだ。それでいて、いつも、ようすをうかがうような目でぼくを見ている。サリーおばさんは、子どもたちそれぞれに、博物館や美術館に入れる冬休み用のフリーパスを買ってくれたけど、ぼくは行きたくなんかない。毎日、おばさんとジャックとブレットの三人が、朝食後に連れだって出かけていく。ぼくはベッドに寝そべり、お母さんの絵をながめることが多かった。目を奪《うば》われるのは、やはりフェニックスだ。手紙も、くりかえし読んだ。写真もすみずみまで見た。お父さんもお母さんも、あのことを知っていた。理解して、受けいれてくれていたんだ。

ある日の夕食後、おばさんとおじさんが部屋に入ってきた。

「グレイソン、調子はどう？　困ったことはない？　それと――演劇のことはどう考えているの？　今日、留守番電話にフィン先生からのメッセージが残っていたわ。折り返し電話がほしいみたいなの」とおばさんが言った。

ぼくはベッドで体を起こした。「まだかけてないの？」

「おじさんもおばさんも、少し時間が必要だと思ったのよ。よく考えて――結論を出さないとね」と言って、おばさんはおじさんを見た。

「グレイソン」今度はおじさんが言う。「ペルセポネの役をやりたいと、いまも思っているのか？」

「うん！　絶対にやりたい」

「どうしてなの？」おばさんがすがるように言った。「みんなにからかわれてもいいの？　そんな役をやったら、これから一生大変な思いをすることになるかもしれないのよ。いじめられて、どんなに傷つくか」

ぼくはもう、いままでのぼくじゃなくなっていた。ステージで演技をしているような気分だった。

「うまく言えないけど、ぼくはただ……」深く息を吸い、ふたりを見た。「おばさんに言われたことはよく考えてみたよ。どう説明すればわかってもらえるんだろう、とも考えた。けどぼくは、ここに越《こ》してきたときから……」

ふたりは食いいるような目でぼくを見ている。「ぼくは、いまでも――」

「いまでもなんなの、グレイソン」サリーおばさんが、黙《だま》っていられないという顔でたたみかけてくる。

まばたきもせずにぼくを見つめるおばさんの目から、おじさんの顔に視線を移した。

「なんでもない」そう言って体をうしろにたおす。「やりたいんだ。それだけだよ。からかわれてもかまわない。なんとかするよ」なんとかなるのか、自分でもわからなかった。

「そう」おばさんは抑揚《よくよう》のない声で言った。「ジャックとブレットに話しておかなきゃね。ふたりにも覚悟《かくご》しておいてもらわなきゃならないから」

おばさんの悲しそうな顔を見ると、胸が痛んだ。覚悟って、どういうことだろう。

「いいよ」ぼくは答えた。しばらくすると、ふたりは部屋を出ていった。

次の朝は、ベッドから出たくなかった。できるだけ粘《ねば》ったけど、起きないわけにはいかない。おなかもすいたし、トイレにも行きたい。それに、いつまでもこそこそしているわけにはいかない。引っこしてきたばかりのころのぼくは、ジャックにいじめられていた――そんなおじさんとおばさんの話が頭に残っている。ダイニングへと歩いているとき、自分が身を守るような姿勢をとっていることに気がついた。

サリーおばさんとジャックとブレットが、テーブルで朝食を食べていた。「わお！　きれいなお嬢《じょう》さんがやってきたぞ！」とジャックが声を上げる。ブレットはジャックを見た。口に運びかけたシリアルのスプーンが、途中《とちゅう》で止まっている。

「ジャック、それがいけないって言っているのよ。そっとしておいてあげなさい」おばさんが新聞から顔を上げ、ジャックをたしなめた。そして「グレイソン、おはよう。よく眠《ねむ》れた？」とぼくに声をかけてくれたけど、型通りのあいさつにすぎなかった。

「うん」ぼくは答えて、ジャックを横目で見た。ブレットのとなりに座って、自分のお皿にシリアルを入れた。

ブレットは口をいっぱいにしたままぼくのほうを向いた。

「パパがペルセポネのお話をしてくれたよ。季節ができた理由もわかったよ。グレイソンはペルセポネになるの？」

「そうだよ」ぼくは無理にほほえんだ。

「ペルセポネのお話って、ほんとうのお話？」

「ちがうよ。作り話だ」

ブレットはうなずいた。

「おまえなら完璧《かんぺき》な女の子になれそうだよ、グレイソンちゃん」ジャックがまだ言う。

「だけどさ、友だちになんて説明したらいいんだよ。いとこがゲイだなんてさ」ぼくと目が合うと、ジャックは顔を赤くしてうつむき、シリアルをもてあそびはじめた。

「ジャック」おばさんがたしなめる。けど、その声にも疲《つか》れがうかがえた。

ブレットは、わけがわからないという顔をしてみんなを見ている。ぼくはあらためて思った。ドレスを着てステージに立つぼくは、みんなの目にはどんなふうに映るんだろう。そして急に、その答えがわかったような気がした。みんな、この子は何者なんだ、と思うだろう。お母さんの手紙が目にうかぶ。〝グレイソンには自分に正直に生きてほしい。〟いまこそ、いまだけでも、お母さんがここにいてくれたらいいのに。そして、ぼくがいったい何者なのかをお母さんの声で教えてほしい。ジャックが考えていることはわかるけど、それがまちがっていることもわかる。

「ゲイってどういう――」ブレットが言いかけるのにかぶせて、ジャックが言った。

「なあ、おれはみんなになんて言えばいいんだよ」ぼくをにらみつける。

「わからないよ。ごめん……」ぼくは口ごもった。そんなの、わかるわけがない。

「口先ではなんとでも言えるよな。ほんとうに悪いと思っていたら、女の役なんかやらないだろ。おまえのせいでこっちが恥《はじ》をかくってのに」

「ジャック、いいかげんにしなさい」おばさんが静かに言う。

ジャックは、立ちあがってダイニングを飛びだしていく。部屋のドアの閉まる音がひびいた。

ブレットはぼくとおばさんの顔を交互《こうご》に見ている。「どういうこと？　なんでグレイソンがペルセポネをやっちゃいけないの？　だって、劇は劇じゃないの？」

おばさんが窓の外に目をやった。

それだけの問題じゃないんだよと言いたかったけど、言えるわけがなかった。半分正しいけど半分まちがっているブレットの言葉は、だれにも受けとめられないまま、宙に漂《ただよ》っていた。


その夜は、真っ暗な部屋で、眠《ねむ》ることもできずに横になっていた。家の中はしんとしているけど、おじさんとおばさんの部屋からは、ぼそぼそと話し声が伝わってくる。時計を見た。もうすぐ十一時だ。音を立てないように気をつけて起きあがり、ろうかに出た。冷たいフローリングの床《ゆか》を歩いて、おじさんとおばさんの部屋の前に行く。閉じたドアの向こうで、ふたりが口論している。

「たのむから、先生に言われたことだけを教えてくれよ。きみの意見をいちいち差しはさむのはやめてくれ！」

「もっと声をおさえてよ。みんなが起きちゃうじゃないの！」というおばさんは声を殺しているけど、それでもよく聞こえる。

「わたしはね、先生は教師としてはちょっと出すぎたことをしているんじゃないかって言ったの。それだけよ。グレイソンはペルセポネの役をいまもやりたがっているけど、こんな大事なことを、関係者全員できちんと話しあわないうちに決めてしまうなんて、教師であろうがだれであろうが、許されるものじゃないってね」

「で？」

「そうしたら、あっちはこう言ったわ。グレイソンとじっくり話しあってみたい、みんながどんな反応をするか考えさせて、本人がどう対応したらいいか、アドバイスしたいって。わたしは、そんなの無理ですって言った。だって、これからどんな複雑な問題が起こるかわからないのに、それを全部前もって話しあうことなんかできないでしょう？」

「サリー、きみはほんとうにそれでいいと思っているのか？」おじさんがそう言ったけど、おばさんは聞く耳を持っていないようだった。

「そしたら先生はこう言ったわ。出すぎたまねをするつもりはありません、ただ、生徒のこれからの人生を真剣《しんけん》に考えたら、どんな教師も、子どもの勉強と私生活の間にはっきりした境界線を引くことなんてできないのです。とまあ、こんな感じよ。口から出まかせもいいとこ。そんな先生がいるからモンスターが生まれるんです、と言ってやったわ。問題はもう手に負えない状況《じょうきょう》になってる。その結果傷つくのはグレイソンなのよ」

心臓がどきどきする。会話がやんだ。

しばらくして、おばさんがまた話しはじめた。「グレイソンに、演劇はあきらめなさいって言うべきだと思う」

胃がぎゅっとねじれて、火がついたように熱い。

「だめだ」おじさんがとうとつに言った。「絶対だめだ。グレイソンがこれまで問題らしい問題を起こしたことがあるか？　なにかをやると自分で決めて行動したのは、これがはじめてなのに、わたしたちがそれを止めることなどできない。絶対にだめだ」

おばさんは答えない。

「とにかく」おじさんが続ける。さっきより落ちついた声になっていた。

「このことは、演劇がどうのという問題じゃ終わらないと思う。あの子が女の子の服を着たがったのは、一時的なものなんかじゃなかったんだろう。リンディの手紙にも書いてあったとおりだ」

「一時的なものに決まってるわよ！」おばさんがすかさず答える。

「あんな手紙、どうとだってとれるじゃない。でも、仮に、一時的なものじゃなかったとしましょうか。問題はそこじゃないのよ。わたしは、フィン先生が出しゃばってくるのがおかしいって言っているの。問題はそこ。あの先生、教師として不適格だわ。月曜日になったら校長先生に電話してクレームをつけてやる。あなたはやめろと言うかもしれないけど、わたしはやるわ。わたしがどんなに反対しているか、思いしらせてやる。そうしたら、なにか別の解決方法を考えてくれるかもしれないじゃない？　フィン先生のせいで、グレイソンは、どんな人間にもたえられないくらいのひどい目にあおうとしてる。グレイソンはまだ子どもなのよ？　こんなこと、本人に決めさせちゃいけないわ」

胃がさらにしめつけられる。

「信じられない。リンディったら、自分の息子《むすこ》がこうなるようにけしかけていたようなものじゃない」

「やめろよ、サリー」おじさんが低い声で言う。

「ごめんなさい、あなた」おばさんの声も小さくなった。ぼくは耳をそばだてた。

「正直、わたしはこういうことは苦手なの」また会話がやんで、おばさんが沈黙《ちんもく》を破った。

「あの子がここに来たばかりのころ、みんなで〈クラークス〉に食事に行ったこと、覚えている？　子どもたちみんながコスプレ遊びをはじめたの。グレイソンはアリーのドレス。あれをぬがせるのにひと苦労したのよ。文字通り体をおさえつけて、無理やりぬがしたんだわ。グレイソンは床《ゆか》に寝《ね》ころがって泣きさけんだ。あのときの、アレックスとエスターの視線が忘れられない。わたしたちのこと、親失格って目で見てた」

「サリー」おじさんの声は、さっきよりずいぶんやさしくなっていた。

「とにかく、このままじゃグレイソンはさんざんにからかわれる。それを忘れちゃだめなのよ」

それ以上聞いていられなかった。つま先立ちで部屋にもどり、そっとドアを閉めた。両手がふるえる。上がけを頭までかぶり、暗闇《くらやみ》の中、ぎゅっと目をつぶった。

20

冬の早朝の光に照らされただれもいない階段を、四階まで上ると、閉じたドアの向こうから人の話し声が聞こえた。ぼくは自分の役をもう知っている。〝だったらなんで見に来たんだよ?〟自分に問いかけた。見たかったから、それだけだ。フィン先生の部屋のドアの前に集まった人たちといっしょになって、だれがなんの役をやるのかというキャストのリストを見たかった。

バックパックを背負いなおして、ドアノブを見つめた。一分くらいそうしていただろうか。それからようやくドアを開けて、小さな人だかりにゆっくり近づいていった。いるのは、ほとんどが七年生と八年生。トミーもいるし、リード、ペイジ、アンドルーももちろんいる。ミーガン、ハナ、ヘイリーを含《ふく》めた六年生も近くにいて、キャストのリストを見ては、指をさしたりひそひそ話したりしている。あの子たちもオーディションを受けていたなんて、いままで全然知らなかった。

静かに少しずつ前に出て、ドアにはってある白い紙に目の焦点《しょうてん》を合わせた。まわりは見ない。それでも、人に囲まれている感覚はあった。名前がある。

ペルセポネ　グレイソン・センダー

まちがいなく書いてある。自分の鼓動《こどう》をはっきり感じる。思わず笑顔になって、リストの残りに目を走らせた。

ハデス　リード・アクスルトン
ゼウス　アンドルー・モイヤー
デメテル　ペイジ・フランシス
ヘルメス　トミー・リトルトン
妖精《ようせい》1　ミーガン・リー
妖精2　オードリー・ブッカー
妖精3　ナタリー・ストラウス

ミーガンに、脇役《わき》とはいえ比較《ひかく》的大きな役が当てられているのが意外だった。クラスではすごくおとなしい子なのに、こういうのはだいじょうぶなんだろうか。さらに下のほうを見ていく。妖精や冥界《めいかい》の魂《たましい》がずらりと並ぶ。ヘイリーとハナは、妖精11と妖精12だった。

リストをいつまでも見ていたい。まわりの小さな話し声がぼくを包む。ふりかえりたくない。けど、ずっとここにいるわけにもいかない。そこで、両手をポケットに入れて、うつむきかげんになり、深く息を吸ってから、きびすを返した。冬休みの間ずっと、お父さんとお母さんがすぐそばにいてくれたけど、いまはその存在を感じられない。ひとりきりだ。

「おめでとう、グレイソン」はっきりとした声がひびいた。ぼくはサリーおばさんの警告を思い出して、一瞬《いっしゅん》身構えた。声の主はペイジだった。

「六年生が主役なんて、たいしたものね」ペイジは、バックパックを軽くゆすって腕《うで》組みをした。

「ありがとう」笑顔を作って答えた。リードも近づいてきた。早くここから立ち去りたい。けど、ペイジがさらに話しかけてきた。

「ペルセポネ、わたしで決まりだと思ったんだけどな。主役はたいてい八年生だから」

顔が赤くなる。なんて答えたらいいのかわからない。

「ごめんなさい。あの……まさかぼくが選ばれるなんて思わなくて」口ごもりながら、やっとのことでそう言った。

ペイジはひとつ大きな息をして、さっとリードをふりかえった。

「まあいいわ」まなざしから鋭《するど》さが消えた。声もやさしくなった。「わたしのこと、これからは『お母様』って呼んでよね」

ほんの一瞬《いっしゅん》、世界がぐらっとゆれたように感じた。足を踏《ふ》んばって、ペイジの服に注目した。きれいな色のつやつやしたシャツを二枚重ねている。首にはじゃらじゃらしたネックレス。ペイジのファッションセンスは、この学校では飛びぬけている。「わかりました」ぼくは答えた。

アンドルーも近づいてきた。三人が興味深そうにぼくを見る。「ぼく、もう教室に行かないと」あわてて言った。

「一時間目はなに?」アンドルーが言う。

「人文学です。フィン先生の」

「フィン先生の授業、最高だよな」笑いかけてくれた。

「うん、たしかに! じゃ、また」ぼくは答えた。

「明日の稽古《けいこ》で会おう」階段に向かうぼくに、アンドルーは呼びかけてくれた。

ドアの手前でふりかえり、三人をもう一度を見た。リードとアンドルーは、額をつきあわせて小声でなにか話している。ペイジはまだぼくを見ていた。ミーガンとヘイリーとハナはみんなからちょっとはなれて、黙《だま》っている。三人はぼくたちの会話を聞いていたかもしれない。

「ねえ、グレイソン」とつぜんミーガンが声をかけてきた。ヘイリーとハナに目をやってから、あらためてぼくを見る。

「なに？」

「ちょっと待って。わたしたちも行くわ。ね、ふたりとも、行きましょ」

ひとりで行くからいいよ、と言いたかったけど、言わなかった。ヘイリーとハナがついてくる。四人で階段を下りはじめた。


教室の前でいったん立ちどまった。ミーガンとハナとヘイリーが先に入っていく。アミリアはもう来ているだろう。スカートのこと、もうみんなに話したんだろうか。それを考えただけで、アミリアのことを嫌《きら》いになってしまいそうだ。

フィン先生はいつもならもう教卓《きょうたく》に腰《こし》かけて、みんなを出むかえているはずだ。なのに、今日はまだいない。そのとき、自分がフィン先生に会うのをどんなに楽しみにしていたのかわかった。背中を丸めて、できるだけ小さくなりながら、自分の席についた。

教室の奥《おく》では、アミリアがライラの机に座って、ふたりでなにか大笑いしている。そこにヘイリーが加わった。「おはよう。なにをそんなに笑ってんの？」

ぼくは聞き耳を立てた。

アミリアがライラのほうに身を乗りだし、なにかを耳打ちした。アミリアの長い髪《かみ》がふたりの前でゆれる。ヘイリーは乗りだしていた体を元にもどし、まわりを見た。だれかのうわさ話をしているんだ、と思った。胸がどきどきする。

ライアンとセバスチャンがぼくの前にやってきた。ライアンがふりかえる。セバスチャンはバックパックの中身を机に出しはじめた。「なあ、グレイソン」ライアンは気味悪いほどやさしい声で言った。セバスチャンがライアンを見る。ぼくはまっすぐ前を見た。自分の顔が真っ赤になっているのがわかる。

「冬休み、なにやってた?」とライアンが言う。「おばさんに新しいシャツを買ってもらったのか?」ライアンはぼくのシャツを見つめて「おい、無視すんなよ。傷つくなあ」と言う。

セバスチャンがライアンの肩《かた》をたたいて、教室の前のほうを指さした。フィン先生が入ってきた。両手に紙の束をかかえている。それを教卓《きょうたく》に置くと、髪をなでつけて、ぼくたちを見た。

「みんな、席について」みんなの話し声と笑い声に、先生の声が重なる。

「遅《おく》れてすまない。休みが終わってみんなにまた会えて、うれしいよ! 冬休みは楽しかったかな?」

教室が静かになった。ぼくはフィン先生をまっすぐ見ていた。アミリアがとなりの席についたけどアミリアもぼくも、なにも言わなかった。横目で見ると、アミリアが新しいブレスレットをつけているのがわかった。シルバーのチェーンから、小さなハートの飾《かざ》りがたくさんぶらさがっている。そのハートにふれたい。けど、そんなこと、できるわけがない。

「長い二週間だった。まだ頭の中も冬休みモードだと思うが、休み前にホロコーストのところまで読んだのは覚えているね？」フィン先生が言ってほほえんだ。

「授業の最後にレポートを返す。今日はちょっと授業の進めかたを変えよう。ペアを組むのをやめて、以前のとおり、机をひとつずつはなして並べてほしい。さあ、移動開始！　前の場所がどこだったか思い出せない人は、ぼくに聞いてくれ」

みんなが移動をはじめた。「元の位置にもどったら、新しい本を配る」と言って、先生は『アラバマ物語』を高く掲《かか》げた。

「難解だが、ぼくの愛読書ベストテンに入る作品だ！」どなり声みたいになっていた。みんなが机といすを押《お》したりしゃべったりして、教室内がすごくさわがしい。ぼくは自分の机をさっさと動かして、アミリアをふりかえりもしなかった。

アミリアからはなれて、ほっとした。教室を見まわすと、ミーガンがアーモンド形の目でこっちを見ていた。ぼくと目が合ったらうつむいたけど、しばらくすると顔を上げて、にっこりした。ぼくもにっこりした。

「よし！」フィン先生がさけぶ。「みんな、静かに！　すぐに授業をはじめるぞ！　ノートを開いて！」と言って、黒板に『アラバマ物語』と書いた。ぼくもノートにタイトルを書くと、先生の話を聞きながら、お姫《ひめ》様の絵を描《か》いた。お姫様をじっと見てから、となりに王様、反対側におきさき様を描きくわえた。

21

翌日の放課後、早く講堂に行かなきゃと焦《あせ》っていた。教科書の最後の一冊をバックパックに入れたとき、だれかに背中をたたかれた。胃がきゅっとよじれる。深く息を吸ってから、ゆっくりふりかえった。ライラが立っている。ろうかでは、アミリアが赤いピーコートのボタンをとめている。

「ハロー、グレイソンちゃん」ライラはそう言って、長い褐色《かっしょく》の髪《かみ》を肩《かた》にかけた。ぼくはアミリアに視線を送ったけどアミリアはうつむいて向こうを向き、ロッカーのとびらを閉めた。おくびょう者！　さけびたかった。「ちょっとあいさつがしたかっただけよ、グレイソンちゃん」ライラはくすくす笑っている。こっちはどう答えたらいいのかわからない。

「じゃあね、グレイソンちゃん」ライラはろうかに出てアミリアの腕《うで》を取り、はなれていった。ふたりともふりかえらない。アミリアの赤いコートが視界から消えていく。

ロッカーを閉めると、落ちついて呼吸をするよう心がけながら、講堂に向かった。目がちくちくする。いじめがはじまったんだ、と思った。サリーおばさんに言われたとおりだ。

講堂のドアを開ける。ステージには、もう何人もの生徒が腰《こし》をかけて、足をぶらぶらさせていた。「グレイソン、来たわね！」ペイジが、ぼくを待っていたかのように声をかけてきた。サリーおばさんの言葉が頭の中にひびく。〝ひどいいじめにあうわよ〟。ぼくは身構えて、ペイジのほうを見た。

「うん」

「きのうの朝はごめんね、いやなことを言って」

ぼくは黙《だま》っていた。周囲を見まわしはしなかったけど、みんながこっちを見ているにちがいないと思った。顔はたぶん真っ赤になっているだろう。ペイジは、本格的にぼくをいじめにかかるつもりなんだろうか。

「いいよ、別に」ぼそりと答えた。目をそらしたかったけど、あえてそらさなかった。ペイジのつけている羽根飾《かざ》りのロングピアスを見つめる。

「ううん、わたしが悪かったわ。わたし……ゆうべ、いろいろ考えたの。あなたが女子の役に立候補したこと、勇気があってすごいなと思った。あなたならきっと、ペルセポネを見事に演じきれるわ」少し間《ま》があった。「ね、いつまでそんなところでぐずぐずしてるの？　上がってらっしゃいよ。メインのキャストは団結しなきゃだめなのよ」ペイジは自分の横のスペースをぽんとたたいた。

いかにもせりふを考えて練習しましたという感じのおわびだった。けど、ペイジはにこにこしている。ぼくはステージに上がり、ペイジの横に座った。

「ありがとう」ぼくはそう言って、ペイジの着ているビビッドピンクのセーターに目をやった。「フィン先生はどこにいるのかな？」

「さあねえ。初回の稽古《けいこ》なのに、来るのが遅《おそ》いわね」ペイジはまたぼくに笑いかけた。顔をそらさなきゃ。アミリアのときみたいに、仲良くなっちゃいけない。自分を守らなきゃ。わかっているのに、ペイジに笑みを返した。

「あ、来たわ」ミーガンが言って、講堂のドアを指さした。フィン先生が校長先生といっしょに歩いている。顔と顔を近づけて、なにか話しているようだ。ぼくはごくりと息をのんだ。

サリーおばさんは、ほんとうに学校に電話したんだろうか。校長先生は赤い顔をして、なにか言っている。フィン先生はこちらを向いて、何事もなかったかのように歩いている。校長先生が怒《おこ》ったようすで、はなれていった。ぼくがペイジを見ると、ペイジは肩《かた》をすくめた。

ぼくはまた前を見た。

人が増えている。キャスト全員、もうそろっているようだ。

「みんな、来てくれたね」フィン先生はひとつ深呼吸をして、階段を上がった。笑顔が不自然に思える。「遅くなってすまなかった。早速はじめよう」

ステージの奥《おく》には長テーブルが置いてある。そこに腰《こし》かけたフィン先生に、みんなが注目した。

「まずは、おめでとう！　ぼく自身、言葉にできないくらい、今回の作品を楽しみにしている。今年はとくにすばらしいキャストで臨むことになった。きっと、歴代の最高傑作《けっさく》になるぞ」

「ひゅう！」ペイジが声を上げ、手をたたいた。みんなもあとに続く。

「ありがとう、ありがとう」フィン先生はふざけた口調《くちょう》で言った。「じゃあ、おおまかな流れを説明しよう。稽古《けいこ》のスケジュールは、ステージの階段裏にある掲示板《けいじばん》にはっておく。メインキャストだけの稽古日もあれば、全員の稽古日もある。スケジュール表は、みんなのご家族にもメールで送ってある。

先生は、キャスト全体を見まわした。「出演経験者は知ってのとおり、毎回の稽古は、まずウオーミングアップからはじめる。脚本《きゃくほん》を開くのはそれからだ」

「このウオーミングアップが楽しいのよ」ペイジは小声でぼくに言った。ぼくはわかったような顔でうなずいた。

「今週の稽古は、脚本の読み合わせをする」フィン先生が説明を続けた。「最後まで読むのに二日かける予定だ。いろいろと話しあいながら読んでいくので、時間がかかる。各人物がどうしてそういう行動をとるのか、理解していかなきゃならない。では、ウオーミングアップをはじめよう。それから読み合わせだ。ここまでで質問は？」先生はみんなの顔を見まわした。ウオーミングアップはなにをやるのか聞きたかったけど、だれも手を挙げないので、ぼくも黙《だま》っていた。

「よろしい」先生はテーブルから飛びおりた。

「ステージを歩こう。ほとんどのメンバーは演劇の経験者だが、はじめての人もいる。はじめての人は、まずはみんながやるのを見学して、自分もできそうだと思ったら、そこから参加してくれ」

なんのことかわからなかったけど、みんなといっしょに立ちあがった。先生がペイジの顔を見ている。ペイジはさっとぼくの腕《うで》を取った。「こっちよ」ペイジは小声で言うと、ステージの奥《おく》、テーブルのわきのスペースにぼくを引っぱっていった。

「よし」先生が、しゃべったり笑ったりしているみんなに声をかける。

「ちょっと静かにして考えてくれ。今日はなにになる？　人でもいいし、動物でもいい。男でも女でもいいし、何歳《さい》でもいい。自分がなにを演じるのか決まったら、はじめてくれ」

ぼくは思わずペイジを見た。「だれかを演じるってことよ」ペイジは小声で教えてくれた。

ぼくはさらにペイジを見つめる。

「だれでもいいの？」笑みがうかんできた。

「そうよ。人でも動物でも、なんでもいいの」

そう言うと、ペイジはそのままじっと立っていた。しばらくすると、両腕《うで》を翼《つばさ》のようにばたばた動かしはじめた。ぼくは笑った。どうかしちゃったんだろうか。そのとき、うしろでだれかが動く気配がした。ふりかえってみると、トミーがゴリラのまねをして、ワイン色のカーテンの前を歩いていた。ミーガンは、あごをつんと上に向けて、気どった歩きかたをしている。なんだか別の世界に迷いこんでしまったみたいだ。みんながまじめくさって、ふざけたことをやっている。けど、これはこれでおもしろい。

ペイジは腕をばたばたさせるのを中断して、ぼくの手を取った。ぼくはペイジのとなりを歩きはじめた。目を閉じて、自分がロングスカートをはいている姿を思いうかべる。すそにはビーズの飾《かざ》りがゆれている。

「すばらしい」フィン先生の声が聞こえる。ペイジは飛びたつまねをした。ぼくはスカートをはいたまま歩きつづけた。

「ストップ！」先生が号令をかけると、みんなが動きを止めた。「だれか、発表を」

「ウッホホッホッ」トミーが変な声を出して、両の拳《こぶし》を床《ゆか》につけた。先生の指名を受けたトミーは、「おれはゴリラのトム。サンディエゴ動物園からにげだしたばかりで大興奮の真っ最中なんだけど、拳をけがしちまった。だれか獣医《じゅうい》に連れてってくれ」と言った。ぼくはみんなといっしょに笑顔で拍手喝采《はくしゅかっさい》。トミーは体を起こし両手を組んで上下にふり、喝采に応えた。

「いてっ」トミーが言うと、みんながまた笑う。

「いいぞ！」笑い声の中、先生が声をはりあげる。「もう少し時間をとりたいのだが、今日はこのへんで、次に移ろう。ウオーミングアップは次回もやるから、そのつもりで」先生は長テーブルにもどった。

「脚本《きゃくほん》を配る」と言う先生のそばに全員が集まった。先生が段ボール箱を開ける。「なくさないでくれよ。余分はないんだ」と言いながら、赤い表紙の脚本を取り出した。

天井《てんじょう》のライトを受けて、金色の文字が光る。ぼくはペイジが回してくれた一冊を受けとり、大切に手に持った。

「カーテンの裏に折りたたみいすがある。脚本を受けとったら、いすをひとつずつ取ってきてくれ。なだれを起こさないように、気をつけてくれよ。ステージの上にいすを丸く並べて、読み合わせをはじめる」

ひとりずつ、カーテンの裏のいすを取ってステージに運んだ。ぼくはペイジのそばにくっついていた。ペイジはいやがらず、ぼくが並んで座れるような場所にいすを置いてくれた。ぼくの反対どなりにはリードが来て、両ひざを上下にはずませながら脚本をめくりはじめた。

「よし。はじめよう。さっきも話したように、読みながら内容を話しあっていく」みんなが座ると、先生が言って、テーブルに腰《こし》かけた。「一ページから！」

ぼくは脚本《きゃくほん》を開いた。背すじに力がこもる。脚本からは、新しい紙のにおいが漂《ただよ》ってくる。

ヘルメス役のトミーがプロローグを読みはじめた。

「『昔々、遠くはなれたある国に、オリンポスという名の山がありました。そこは、ギリシャの神々の住まいでした。神々は美しく善良。いろんな神様がいました。そのまわりにはおそろしい生き物も住んでいて、戦いに出かける神々や英雄《えいゆう》たちの供をしたものです。そのおかげで、どの戦いにおいても、最後には善と光が勝利をおさめていたのです。

オリンポス山の野原には、ペルセポネが住んでいました。ペルセポネは若く、とても美しい娘《むすめ》でした……』」

思わず笑みがうかぶ。トミーが読みすすめても、言葉が耳に入ってこない。〝ペルセポネは若く、とても美しい娘でした〟という部分だけが、機械の音声のように、頭の中で何度も鳴りひびく。

トミーの声を聞きながら、みんなを見まわした。フィン先生を含《ふく》め、みんなが真剣《しんけん》に聞いている。ミーガンとハナとヘイリーは、ぼくの正面にいて、脚本に集中している。ハナは、片手で無意識にポニーテールの先をいじっている。ミーガンが鼻の頭をかいた。なんだか自分がここにいることが信じられない。自分がペルセポネだということが、まだ信じられない。

トミーのプロローグが終わった。先生がトミーに、ヘルメスはなぜ、この物語を観客に伝えようとしているのか、と質問した。ぼくはふたりのやりとりを聞きながら、脚本をめくっていった。ペルセポネの名前は、ほぼすべてのページに出てくる。主役なんだ、と自分に言いきかせた。顔がにやける。だけど、これだけのせりふをどうやって覚えたらいいんだろう。

「グレイソン?」先生に名前を呼ばれて、脚本から顔を上げた。

「たのむぞ、グレイソン。きみのせりふだ」先生は笑っている。

「三ページよ」ペイジが小声で言った。自分の脚本を腿《もも》の下に置いて、ぼくが脚本をめくるのを手伝ってくれる。視線を上げると、ペイジのやさしくて真剣《しんけん》な顔があった。先生に目をやる。先生はまだ笑顔で、辛抱《しんぼう》強く待ってくれている。

ペルセポネのせりふを読んだ。読みおわると、頭がぼうっとした。講堂全体を見まわす。ろうかに通じるドアが開いていた。校長先生が戸口にもたれかかって、こっちを見ている。その目はぼくを射ぬいているかのようだ。いつからそこにいたのだろう。ぼくは自分のつめに視線を落とした。ペルセポネのせりふを受けて、トミーによるナレーションが続く。「ペルセポネは、どんな運命が自分を待ちうけているか、このときはなにも知りませんでした」

ドアに視線をもどすと、校長先生はいなくなっていた。

22

今日も稽古《けいこ》だ。ここ何日かの出来事を頭から追いだそうとしながら、講堂に向かった。もうすぐ講堂というところで、だれかに名前を呼ばれた。ろうかには人がいっぱいだったけど、だれに呼ばれたのかはすぐにわかった。おそろいの黒い上着を着たライアンとセバスチャンが近づいてくる。

「よう、グレイソンちゃん。練習に行くのか？」ライアンが言う。

ぼくは動けなかった。セバスチャンに目をやると、セバスチャンは下を向いた。「きれいなドレスがたくさんあるといいな。そうだろ、この変態！」とライアンは言って、ぼくをひじで押《お》しのけるようにして、はなれていった。ぼくはちょっとよろけた。ちくちくする目でふたりのうしろ姿を追いかける。ふたりはすぐに角を曲がって見えなくなった。ぼくは深呼吸をした。ろうかで脇《わき》腹をおさえている現実なんか忘れて、ステージでペイジとリードにはさまれて立つ自分の姿を想像しよう。ライアンのことなんか気にしちゃだめだ。講堂に入った。ライアンなんか、無視してやればいいんだ。

はじまりは、何日か前の、人文学の授業が終わったときだった。ベルが鳴って立とうとしたら、ライアンがぼくをにらみつけていた。フィン先生は遠くのほうでキャビネットを開き、なにかを探している。ぼくはドアに向かったけど、ライアンが追いかけてきて、ぼくの前に立った。ぼくはライアンを避《さ》けて歩き、のびた前髪《がみ》を耳にかけた。

「髪をのばしてんのか、グレイソンちゃん」ライアンは、ぼくの背中にそんな言葉を投げかけてきた。

翌日は、フィン先生が来る前に、ライアンとセバスチャンのふたりがぼくの机の前に立った。ライアンは、わざとらしいくらいやさしそうな表情をしていた。ぼくは顔をそらして、ドアを見た。早く先生が来てくれればいいのに。「なあ、グレイソン、ていねいに聞くから教えてくれよ」ライアンが言う。ぼくは目をそらしたままにした。

「おれたち、知りたいんだよ。っていうか、みんなも知りたがってると思うぜ。なんで女子の役なんかやるんだ？　おまえ、ゲイかなんかなのか？」

教室がぐらっとゆれた。地震《じしん》の最初のゆれみたいに感じられた。ぼくはセバスチャンを見た。どうしてそうしたのか、自分でもわからない。セバスチャンもゆれを感じたのかどうか、知りたかったからだろうか。セバスチャンは窓の外を見ていた。まもなくフィン先生が入ってきて、全員が席についた。

講堂のドアを開けた。いやな記憶《きおく》を消してやるつもりで、力いっぱいドアを押《お》す。今日の稽古《けいこ》はメインキャストだけ。トミーとリードとオードリーとナタリーは、ステージに並んで腰《こし》かけて、フィン先生とおしゃべりしていた。みんな、ぼくに気づいて手をふってくれた。

「グレイソン！」声を合わせて呼んでくれる。そして、声が合ったことに驚《おどろ》いて、みんなが顔を見合わせると、体を折りまげるようにして大笑いしはじめた。

こわばっていた体がほぐれるのを感じながら、みんなのところに行った。ペイジはまだ来ていない。笑いこけているリードの横に座った。そのとき、ドアが勢いよく開いた。ペイジとミーガンがいっしょに入ってきて、バックパックを木製の座席に放りなげる。先生は腕時《うで》計を見た。「あと二、三分ではじめるぞ。あとはアンドルーだな」

「もうすぐ来ます。ロッカーにいたから。英語のバインダーが見つからないってあわてていたけど……アンドルーのロッカー、見たことある？」ペイジがみんなに聞く。

ぼくはペイジと目が合って、にこりとした。

「ぐちゃぐちゃなんてもんじゃないの。くさったランチでも入れたままにしているのかも。それも九月くらいのやつ」ペイジはステージに上がってきて、ぼくのとなりに座った。ミーガンもついてきた。ぼくは空いたスペースを視線で示して、ミーガンに笑いかけた。

「ハーイ」と声をかける。

「ハーイ」ミーガンは応えてから、先生のほうを向いた。「フィン先生、シェイクスピア劇場に行ったことはありますか？」

「もちろん！　先週も行ったよ。どうしてだい？」

「父が、『ロミオとジュリエット』のチケットを取ってくれて。先生が見たのもそれですか？」

「ああ、そうだよ。初日だった」

「どうでしたか？　すごくおもしろいって聞いたんだけど」

「ああ、すごくよかった。だが、話をするのは、きみが見てからにしよう。感想を聞くのを楽しみにしているよ！」

「いいわね」ペイジが言った。

ぼくは、話しているふたりを見ていた。ぼくの両どなりにはリードとペイジ。ブックエンドにはさまれているみたいだ。ふたりの腕のあたたかみを感じながら、アンドルーを待った。ドンと大きな音を立てて、ようやくアンドルーが現れた。みんなに謝りながら入ってくる。そのとき、みんなは第一幕のそれぞれの持ち場についたところだった。トミーはプロローグのせりふをすべて覚えてしまったそうだ。ぼくとペイジがステージに上がるとき、ペイジは、先生の横に置いたバックパックの上に脚本《きゃくほん》を残していった。どうしたら全部覚えられるんだろう。ぼくは脚本を手にしたまま、先生に「はじめていいですか」と聞いた。

「いつでも」先生が応える。

ぼくは脚本《きゃくほん》に視線をもどした。「『お母様』」声に出すと、なんだか変な感じがした。にやにやしないで、役になりきらなければ。先生にいつもそう言われている。ペイジは、ステージの端《はし》にセットされた作り物の草を引っぱっている。「『わたし、小川に行ってくる』」ぼくは声をかけた。

「『気をつけてね、ペルセポネ』」ペイジが言う。

「『はい、お母様』」と言って、脚本を見る。次はペイジのせりふだ。けどペイジは、ぼくがしゃべるのを待っている。「『何時ごろ帰ってくるの?』」声を殺して言った。

〝わたし?〟ペイジはびっくりした顔で、口パクで言った。ぼくがうなずくと、ペイジは笑いだした。

「『何時ごろ帰ってくるの?』」

「『暗くなるまでには帰るわ』」とぼくは答える。ステージは静まりかえっている。

「『ペルセポネ、妖精《ようせい》を連れていってちょうだい』」小声でペイジに教えた。思わずぼくも笑ってしまった。がまんできない。ペイジはせりふを覚えたつもりで、じつはまだちゃんと覚えていないらしい。ぼくは深呼吸をして、落ちつきを取りもどした。

「『ペルセポネ、妖精を連れていってちょうだい』」ぼくの教えたとおりにペイジが言う。とつぜん、赤い脚本がフリスビーみたいに宙を飛んできて、ペイジの足元に落ちた。ペイジもぼくも、客席のほうを見た。ふたりとも、笑いが止められない。先生が最前列からぼくたちに手をふった。

「今日は早めの休憩《きゅうけい》にするか」先生が言った。ぼくはまだ笑いつづけながら、バックパックからお菓子《かし》の袋《ふくろ》を取り出した。


家に帰ると、急いで夕食を食べた。早く部屋に入って数学の宿題をしたいし、せりふも覚えたい。宿題はあとほんの少しだ。ランチタイムに、図書館であらかたやってしまった。

「使命感に燃えている感じだね」

黙々《もくもく》と宿題に取りくんでいると、湯気の立つランチとダイエットコークを前にしたミレン先生にそう言われた。そのとおりだった。家に帰ったら、せりふの暗記に集中したいと思っていた。フィン先生が言うように〝ペルセポネになりきること〟が、ぼくの生活の中心なのだ。

それに、サリーおばさんのそばにはいたくない。食べ物から顔を上げると、おばさんがこっちを見ていた。ぼくは、窓の外の黒々とした空に目をやった。おばさんの声が耳に残っている。おばさんは、ぼくをモンスターだと思っている。

「なあ、グレイソン」ジャックがライスを口に入れながら言った。「今日、体育館でタイラーになんて言われたと思う?」ぼくは動けなくなった。タイラーはジャックの新しい友だちで、ライアンのお兄さんだ。

「さあ」小さく答えた。

「ゲイって遺伝するのかってさ」

たまたま手がすべって、フォークがお皿に落ちた。

「ジャック! そういう話はやめなさい」エヴァンおじさんが言う。

「うるさいな」ジャックが食べながら言う。

「そりゃ、父さんは気に入らないよな。グレイソンのことばっかり心配してさ。昔からそうだった。おれのことなんかどうだっていいんだろ」

ジャックがそんなふうに思っていたなんて、ぼくは全然知らなかった。

「ばかなことを言わないでちょうだい」おばさんがあわてて言う。

「タイラーのこと、無視してやったら?」ブレットが言った。「スミス先生がいつも言うんだ。だれかに変なことを言われたら、その人を無視するようにしなさいって」

「ブレットは黙《だま》ってろ」ジャックが言う。

「なんで? だって、変じゃないか。劇は劇なのに」

それ以上聞いていられなかった。「ごちそうさま」ぼくは立ちあがった。「せりふを覚えなきゃならないから」

部屋にもどると、ベッドに座った。見上げると、お母さんの描《か》いた絵。ひざには脚本《きゃくほん》がある。明日の稽古《けいこ》までには覚えてしまいたい。なのに気が散ってしかたがない。ジャックの言葉が耳にこびりついている。なんであんなことばかり言うんだろう。

ドアをそっとたたく音がして、エヴァンおじさんが入ってきた。いすに座って、やさしい口調《くちょう》で言った。「いそがしそうだな」

「うん。みんな、せりふを覚えはじめているんだ。まだなのはぼくだけだよ」

「おじさんもロースクール時代は苦労したよ。覚えなきゃいけないことが何千ページもあってね」

「で、覚えたの?」

「ああ。あのときはほんとうにがんばったな。覚えなきゃいけないページを、そのまま映像として覚えるようにした。わかるか? ある部分を読んだら、目を閉じて、覚えた映像の中からキーワードをいくつか探すんだ。これでだいぶ覚えやすくなった」おじさんはちょっと間《ま》を置いてから続けた。

「手伝ってやろうか？　ちゃんと頭に入っているかどうか、脚本《きゃくほん》を見て確かめてやる」

ぼくはおじさんの顔を見た。写真のお父さんはすごく若いけど、もし生きていたら、おじさんそっくりになっているんだろうか。耳の上の髪《かみ》の毛も、白くなっているんだろうか。ずりおちた眼鏡《めがね》を、手の甲《こう》で押《お》しあげるんだろうか。キッチンから、お皿のカチャカチャいう音が聞こえる。テレビもついている。おじさんは立ちあがって、ドアを完全に閉めた。

「うん、お願い」ぼくはおじさんに脚本をわたした。

「第一幕だな？」おじさんは脚本に目を走らせた。

「うん」

「よし。いつでもはじめていいぞ」

「エヴァンおじさん」

「ん、どうした？」おじさんは顔を上げずに言った。

こんな言葉、空々しいだけだろうか。でも、そんな思いを無視して言った。

「ありがとう」

「どういたしまして」おじさんはにっこりした。「さあ、はじめよう」

23

講堂はカオスだった。そういえば、今日の稽古《けいこ》はオールキャスト。妖精《ようせい》や冥界《めいかい》の魂《たましい》も含《ふく》めて、全員が集合することになっていた。リードとアンドルーとトミー、そのほか何人かの男子がステージに上がっておしゃべりしている。だれかがなにか言ったとたん、みんなが大声で笑いだした。

女子は、客席の一列目に並んで座っている。ペイジもいる。言うまでもなく、ペイジはグループの中心人物だ。ヘイリーとハナ、そのほかの妖精たちは、ペイジのまわりに集まっている。みんな、ぼくに「ハーイ」と声をかけて通っていく。急ぎ足の人もいるけど、ぼくはまだうしろのほうに下がっていた。

やっとミーガンが来た。「グレイソン、前に行こうよ」声をかけてくる。ぼくはステージの男子グループに目をやった。みんな、動きが素早くて、声も大きい。

「うん」ぼくは、ミーガンについていった。

ペイジがぼくの視線に気づいて、笑いかけてくれた。「グレイソン!」みんなもぼくを見る。ぼくはみんなの顔を順に見た。

「ここ、どうぞ」ペイジは、となりのいすに置いていたバックパックと上着をどけた。ぼくのために席を取っておいてくれたんだろうか。

妖精《ようせい》のひとり、ソフィアの前を通った。ハナがうしろからソフィアの上にかがみこむようにして、ピンク色の小さなヘアクリップをくちびるにはさみ、ソフィアの頭のサイドに細い三つ編みを作っている。あっというまに三つ編みができていく。まるで指が勝手に動いているみたいだ。完成すると、三つ編みの先にヘアクリップをつけた。

「オーケー。次はだれ？」とハナが言う。ハナのピンク色のバックパックの上に、小さなヘアクリップがケースごと置いてある。ピンク、ピーチ、黄、うす緑、青、ラベンダーの順で、クリップがきれいに並んでいる。

「わたし！」ミーガンが一列前から声を上げた。

「何色にする？」ハナが聞く。ぼくは黙《だま》ってふたりを見ていた。言葉が卓球《たっきゅう》みたいに軽く行き来する。リズミカルな会話を聞いていると、小さい女の子が好きな手遊びを思い出した。小学校のころ、休み時間になると、外のコンクリート階段に座って、本を読んでいるふりをしながら、女子が手と手をたたきあって遊ぶのを見ていたものだ。うらやましくて、しかたがなかった。

「ねえ、三つ編みを二本並べて作って。青と紫《むらさき》がいいな」

「頭をこっちにかたむけて」ハナが言うと、ミーガンが従った。

ハナの手が目にも留まらぬ速さで動き、長くて黒い三つ編みが二本、ミーガンの頭にあっというまにあらわれた。ぼくは自分の頭に手をやって、だいぶのびた髪《かみ》に指を通すと、ペイジを見た。ペイジは腕《うで》時計に目をやった。「もう三時二十五分よ。フィン先生、どうしたのかしら」だれにということもなく、そう言った。先生はこのところ毎回、来るのが遅《おそ》い。

「先生だ」だれかが言った。顔を上げると、先生が小走りで走ってくるのが見えた。

「やあ、みんな。女子はそっちか」先生はぼくたちのほうを見て言った。ぼくはさっと周囲を見まわした。みんな女子だ。先生はその真ん中にぼくがいることに気づいていないのかもしれない。ソフィアがくすくす笑う。

「しーっ」ペイジが言った。

「男子はそっちだな」先生はステージに目をやった。「遅《おく》れてすまない。全員、ステージに上がってくれないか。ここにあるマットを一枚ずつ持って、ステージ上に重ならないように並べてほしい。新しいウオーミングアップをするぞ」

だれかが体育館から運んできてくれたのだろう、大量のヨガマットが置いてあった。ぼくのまわりにいた女子グループがめいめい立ちあがる。ぼくもいっしょに行動した。ステージに上がる。「ちょっとせまいかな。できるだけ重ならないようにしてくれるといい。マットを置いたら、あおむけに寝《ね》て」先生の指示が続く。「リラクセーション・エクササイズだ！」

ぼくはヨガマットを広げた。ペイジがぼくのとなりに来てくれたので、うれしかった。ペイジはあおむけになって目を閉じた。ぼくもあおむけになる。天井《てんじょう》がものすごく遠く感じられた。百万キロのかなたにあるみたいだ。照明がまぶしいので、ぼくも目を閉じた。マットはいやなにおいがするし、みんなの足音や話し声も聞こえる。ステージ上がようやく静かになりはじめたとき、右を見ると、アンドルーがいた。

「眠《ねむ》っちゃいそうだよ」アンドルーはひそひそ声で言った。

「ほんとうだね」ぼくは笑った。

「よし」フィン先生がステージのどこかで、小さめの声で言った。

「今日から、稽古《けいこ》の一環《かん》としてリラクセーション・エクササイズを取りいれる。俳優《はいゆう》の多くが、リラクセーションとイメージトレーニングを稽古に取りいれているんだ。どちらも、役《やく》柄《がら》になりきるのに役立つと言われている。まずは、体の各部の筋肉群をゆるめることからはじめよう。最初はつま先。そこから順に首まで上がっていく」

先生の声に耳をかたむけた。目的の筋肉に力を入れ、そしてゆるめる。首の筋肉をゆるめたころには、ステージ上は完全に静まりかえっていた。

先生の声も、ささやくような小声になっていた。「全身がリラックスしたところで、イメージトレーニングに入る。目を閉じていてくれ。みんなはステージ上で稽古をしている。自分自身じゃなく、役になりきっている」間《ま》を置いて、もっとゆっくりした口調《くちょう》で続けた。「どんな自分が目にうかぶ？　どんな自分になりたい？　体は？　服装は？　どんな自分が見える？」また間を置く。物音ひとつしない。動きひとつない。「その役になりきるために、なにを学ぶべきだと思う？　まだわからないことはなにか。もうわかっていることはなにか。よく考えてごらん。頭の中にリストを作ろう」

ステージ上に広がった静寂《せいじゃく》が、重くのしかかってくる。みんなの体と体の間の床《ゆか》にしみこんでいく。「不安なことはあるか？」長い沈黙《ちんもく》。

「最終的な願いはなんだろう？」

全身の筋肉が急にこわばった。目を開けて、高い天井につるされた照明をじっと見た。心臓がどきどきする。照明の並びを観察した。消えているのが黒、ついているのが白とすると、黒、白、黒、白、黒、白。でも、白い光はとても強くて、黒い部分がはっきり見えない。まぶしいのであまり長いことは見ていられなかった。また目を閉じたけど、まぶたの裏には、はじけるようなまぶしい光が残っている。何度も回転したときのように、頭がくらくらしてきた。また、自分が鳥になったように思えてきた。だいぶ前、アミリアがぼくにペアを組もうと言ってきたときの感覚と似ている。

講堂はしんとしているけど、先生の声は耳に残っている。

〝願いはなんだ？〟

ぼくはぼく自身の真上にいて、ステージを見おろしている。ステージがゆっくり回りはじめた。ぼくは、お母さんが描《か》いたフェニックスになったのかもしれない。下に見えるさまざまな色が混じりあいはじめた。ぼくの両側にはペイジとアンドルーがいて、ふたりとも目を閉じている。ぼくは目を開いて、ヨガマットの両端《りょうたん》を手でつかんでいる。

〝不安なことはあるか？〟サリーおばさんの声がぼくの頭をつきぬける。〝そんな先生がいるからモンスターが生まれるんです！〟だけど、ぼくはモンスターには見えない。ぼくはぼくそのものに見える。みんなにこう見えているといいな、と思える姿をしている。すそに琥《こ》珀《はく》色のビーズをあしらった、レースを使ったロングスカートをはいている。ブロンドの髪《かみ》が顔のまわりに広がっている。不安そうな顔だけど、けっこうかわいい。心臓の音が、オーディションの結果を発表するときのドラムロールみたいにひびきはじめた。ぼくがペルセポネをやれるとはじめて知ったときの、あの感覚がよみがえってきた。

〝もうわかっていることはなにか？〟

ぼくは女の子だ。

第３章　グレイソンとペルセポネ

24

サリーおばさんの髪《かみ》は、ぼくと同じブロンドだ。おばさんも、子どものころは三つ編みにしたんだろうか。どうしてだか、そんなことばかり考えてしまう。髪を軽く引っぱられる感じが心地いい。ペイジの指が素早く動くようすを頭に思いえがいた。「クリップをちょうだい」ペイジがミーガンに言う。今日は火曜日。稽古《けいこ》はメインキャストだけだ。ペイジが髪を編んであげる、と言ったとき、ぼくは肩《かた》をすくめてほほえんだ。

もう一度髪を引っぱられる感じがしたと思ったら、温かなプラスチックがほお骨《ぼね》に当たる感じがした。

「かわいい」ペイジが言って、にっこり笑った。ペイジはぼくの心が読めるみたいだ。「もう一本やってあげるね」そう言ってまた髪を取りわけ、そっと引っぱりながら編みはじめた。できあがると、ヘアクリップとヘアクリップがぶつかる小さな音が聞こえた。首を軽くふると、視界の端《はし》にピンクと紫《むらさき》が見える。

「グレイソン、すっごくいい感じよ」ナタリーもにっこり笑った。冗談《じょうだん》か本気かわからないけど、どちらにしても、意地悪で言っているのではなさそうだ。だから笑顔を返した。

それから何分かたっても、まだフィン先生は現れない。稽古は三時十五分にはじまることになっているのに。ぼくは固く編まれた髪とへアクリップにそっとふれた。

「ねえ、ミーガン。セバスチャンとなにかあったの？」ペイジがとうとつに言った。

「やだなあ。みんなに同じことを聞かれるの」ミーガンはうんざりしたような顔をした。いやそうな口調《くちょう》だけど、よく見ると、にやにやするのをおさえきれないという感じだ。「だれに聞いたの？」

「えっと、リアムよ」

リアムはセバスチャンのお兄さんだ。ぼくは黙《だま》ったまま、その会話に耳をかたむけた。あまり興味を持ったり驚《おどろ》いたりしていると思われてはいけない。けど、信じられない。ミーガンがセバスチャンと？　ライアンの相棒というより手下みたいなセバスチャンと？　なにを考えているんだろう。そのうち、あることが気になってきた。ミーガンとセバスチャンは、もうぼくの話をしているんだろうか。

「で、どうなの？」ペイジがつっこむ。「付き合っているとかなの？」

「知らない！」ミーガンは甲高《かんだか》い声を上げた。

「まあ、イケてるわよね、セバスチャン」ペイジがそう言ったとき、フィン先生が講堂に入ってきた。

「申し訳ない、遅《おそ》くなった」

「慣れてまーす」オードリーがぼそりとつぶやく。女子がいっせいに立ちあがり、ステージに上がりはじめた。まずはリラクセーション・エクササイズだ。

ぼくは、しばらくその場にとどまって、ほおの横でゆれるヘアクリップをさわっていた。

ミーガンが、長い黒髪《かみ》をゆらしてステージに向かっていくのが見える。

アンドルーとリードとトミーはもうステージにいて、ヨガマットを広げている。フィン先生がその三人に話しかけ、楽しそうに笑っている。ぼくは三つ編みの先端《せんたん》からヘアクリップをはずし、ポケットに入れた。指で髪をほぐす。三つ編みがほどけていくのを感じながら、ステージに上がった。


金曜日、ペイジは休みだった。ぼくは講堂の通路に立って、女子が一か所に固まっていくのを見ていた。ミーガンが、真ん中にいる。ハナとヘイリーがその片側に、オードリーとナタリーが反対側にいる。五人でひとかたまりになって、おしゃべりしている。ぼくは近づいていって、ミーガンの前に座った。ペイジがいないので、なんだか手持ちぶさただ。バックパックから本を一冊取り出して、読むふりをした。

「グレイソン」ミーガンに声をかけられて、ふりかえった。ぼくはこの一週間、ミーガンとセバスチャンのようすを見ていた。ふたりが付き合っているのかどうかわからないけど、おたがい知らん顔をしていることが多かった。

「グレイソン、頭をこっちにかたむけて」ナタリーが言う。その手にはヘアクリップがたくさんあった。「また編んであげる」

「うん」ぼくはほほえんで、本をバックパックにしまうと、いすにひざをついて、うしろを向いた。ナタリーが手をのばして、ぼくの髪を取りわける。頭皮を指先でなでられる感じがした。

「グレイソンの髪を編んでるの？」六年生のクリステンという女子が、うしろから声をかけてきた。クリステンは妖精《ようせい》のひとりだ。

「うん、三つ編み、すごく似合うのよ」ナタリーはそう言いながら手を動かしている。

ぼくはナタリーに髪をつかまれて動けないので、目だけを動かしてクリステンを見た。

「なるほどねー」クリステンが言った。なにを考えているんだろう。

しばらくの間、全員が黙《だま》っていた。やがてクリステンが「手伝ってあげる」と言った。

オードリーがナタリーのクリップをいくつか、クリステンにわたした。

ぼくのとなりにはケイリーがやってきた。「わたしにもちょっと貸して」笑いながら声をかけてくる。ぼくは、ナタリーに髪を引っぱられながら横目でケイリーを見た。そのうち、何本の手がぼくの髪《かみ》をいじっているのかわからないくらいになった。力の強すぎる子がいて、痛い。それがだれだかわからないけど、ぼくは黙《だま》っていた。どうなっているのか手でさわって確かめようとしたけど、ナタリーにまだだめよと言われたので、待つしかなかった。

ミーガンがぼくを見て、「いいね」と言うように親指を立ててくれた。ナタリーとクリステンとケイリーは手を動かしつづけている。そのとき、ハナとオードリーがミーガンに同時に話しかけた。ミーガンは、困ったように顔を左右に動かしはじめた。ふたつの世界の真ん中で、にっちもさっちもいかなくなったかのようだ。どういうわけか、それを見ていると笑みがうかんだ。

フィン先生が来るまでに、ぼくの髪はできあがった。頭を手でさわってみると、髪のすべてが細かな三つ編みになって、ヘアクリップがついていた。なんだか急に、うしろめたいような気分になった。テストでカンニングをしたのにつかまらなかったみたいな、変な感じだ。けど、そんな気持ちは忘れることにした。

「どう？　似合う？」ぼくは聞いて、首を左右にふってみた。ピエロみたいに見えるんだろうなと思ったのに、みんながぼくを見てにこにこしている。それならいいや、と思うことにした。

「ものすごくかわいいわよ！」ナタリーがそう言ってくれた。いっしょにステージに上がる。

フィン先生も、ヨガマットを手にするぼくを見て、にこにこしていた。頭が三つ編みとヘアクリップだらけなので、あおむけでリラクセーション・エクササイズをしている間はちょっと痛かったけど、そのままがまんした。

稽古《けいこ》が終わったあと、ぼくは通路に立って、クリップをはずしたり三つ編みをほどいたりしていた。みんなが分厚いコートやジャケットを着てバックパックを背負いはじめた。

「手伝おうか?」ミーガンが声をかけてくれた。ふりかえると、ハナとヘイリーもいた。三人はピンクと紫《むらさき》の光沢《こうたく》のあるジャケットを着て、まるでファッションブランドの広告から出てきたみたいだ。三人とも、髪はさらさらで長い。

「だいじょうぶだよ。もうほとんどできた」ぼくは、女子たちがぼくの髪を編んでいるときの声や表情を思い出した。さっきも感じた、悪いことをしているのにとがめられずにすんでしまったようなうしろめたさが襲《おそ》ってきた。みんなにお人形かなにかのように扱《あつか》われて、それを喜んで受けいれていたのだ。頭全体を三つ編みだらけにして、その三つ編みが全部あさっての方向を向いているなんて、本物の女の子だったらありえないことだ。本物の女の子は、まともなブラウスやズボンやスカートやジャケットを着るし、まともな靴《くつ》をはく。頭をヤマアラシみたいに、つんつんの三つ編みだらけにはしない。ぼくの頭をあんなヘアスタイルにしたのは、みんなのおふざけに過ぎないのだ。ぼくはハナにクリップを返した。ハナはそれを、ピンクのバックパックの外ポケットにしまった。ぼくは泣きたい気持ちになったけど、頭をさわって、クリップが残っていないことを確かめた。

「だいじょうぶよ。もう帰れる？」ミーガンがぼくの頭を見て言った。

「うん」ぼくは灰色のバックパックを背負い、上着を脇《わき》にかかえた。

「バスで帰るの？」講堂の出口のところで、ミーガンが言った。

「ううん。おじさんが仕事の帰りにむかえに来てくれるんだ。そっちは？」

「ママがむかえに来る」

「いいなあ」

「ねえ、いまもランチは図書室なの？」

ぼくは足元を見た。

「うん。宿題を早く片づけてしまいたいんだ。そしたら、家ではせりふを覚えるのに時間を使えるからね。このごろ、おじさんが練習に付き合ってくれるんだ」もう一度、頭に手をやった。

「ランチルームに来るなら、いつでもわたしたちのところに来てね」駐車場《ちゅうしゃ》に通じる二重ドアのところで、ミーガンはそう言ってくれた。

ぼくはミーガンを見てほほえんだ。ハナとヘイリーが、その両脇でミーガンを見ている。「ありがとう、ミーガン」ぼくは本気でそう言った。けど、ライラやアミリアと同じテーブルで食べるのはもう無理だとわかっていた。

円形の車寄せで、ミーガンのお母さんが乗ったシルバーの車が待っていた。

「バイバイ、グレイソン」女子のグループはぼくにそう言って、車に乗りこんだ。光沢《こうたく》のあるジャケットがひとつずつ、車の中に消えていく。ピンク、紫《むらさき》、またピンク。ミーガンのお母さんは助手席の窓を開けて、ぼくのほうに身を乗りだした。

「グレイソンね！」名前を呼ばれて、ぼくはちょっと焦《あせ》った。ぼくがペルセポネをやるということも知られているだろう。「おむかえは来るの？」

「はい、おじがもうすぐ来てくれます」

「ならよかった。よい週末を！」

冷たくて湿《しめ》った空気の中で、エヴァンおじさんを待った。上着を着たほうがいいとわかっていたけど、着たくなかった。腕《うで》にかかえた上着は黒で、光沢もなにもない。これがもっときれいな色だったらいいのに。本物の女の子は、まともなブラウスやズボンやスカートやジャケットを着るし、まともな靴《くつ》をはく。そしてまともな三つ編みをする。ぼくは変人だと思われたいわけじゃない。本物の女の子になりたい。

エヴァンおじさんが来てくれた。車の中は暑いくらいだ。カーラジオからはニュースが流れている。「待たせたな、グレイソン」おじさんの言葉を聞きながらシートベルトをしめた。

「どうだった?」

「楽しかったよ」

「そうか。じつは、申し訳ないんだが、明日の朝はせりふの練習に付き合ってやれないんだ。すまない。仕事でちょっとあって、ヘンリーのところに行かなきゃならん」おじさんはうんざりした顔をした。

「日曜日には絶対やろう。いいな?」

「うん。だいじょうぶだよ」むしろほっとしたくらいだ。「明日、レイク・ビューの古着屋に行こうかと思ってたんだ。いい?」という言葉が口から転がり出る。

おじさんはぼくにさっと視線を向けた。「アミリアと行くのか?」

「ううん。ひとりで行く」

「そうか。もちろんいいぞ。行っておいで」おじさんそう言って、車を駐車場《ちゅうしゃ》から出した。

25

次の朝、外は雪が溶《と》けかけて、景色全体が灰色に見えた。部屋の窓を少しだけ開けると、一月の終わりとは思えないような、温かい空気が流れこんできた。ぼくはジーンズとトレーナーを着て、水色のフリースをクローゼットから出した。

ひとりでバスに乗って〈セカンドハンド〉に行くのは、なんだか変な感じ。ひとりで行ったのは去年の夏が最後。アミリアと行くようになる前のことだ。がたがたゆれるバスのくもったガラスから、街の景色をながめた。

レイク・ビューの人混みをなつかしく感じながら、歩道を歩く。顔を上げることなく〈コーヒーハウス〉の大きな窓の前を通りすぎたとき、体がぶるっとふるえた。猛烈《もうれつ》な風がうしろからふきつけてくる。そのまま風の力だけで前に進み、〈セカンドハンド〉にたどりついた。

店の中は、以前となにも変わらなかった。暗くてどんよりして、防虫剤《ざい》のにおいがする。置物のたなは素通りした。こわれた小鳥のオルゴールは、どうなっただろう。いまも鳥かごの底に小鳥が落ちたままなんだろうか。気になったけど、見ないことにした。さすがに、あのままにはなっていないだろう。若者コーナーに行った。客はぼくだけだった。

男子用の服のラックに目をやった。いままでは、そこにかかった服の中から、自分がワンピースだと思いこめそうなものや、すその長いぶかぶかのシャツばかりを探していたものだ。今日もそうしようか、と一瞬《いっしゅん》思った。そのほうが安全だ。けど、部屋の向こうがわに女子用の服がかかっているのが見えた。そっちに行ってみよう。ふりかえって店内をチェックした。レジにはスキンヘッドの若者がいる。店の入り口近くには客がちらほら。〝今週、妹の誕生日なんだ〟と心の中でせりふを練習した。〝プレゼントに服がほしいって言われて〟。

壁《かべ》ぎわのラックにかけられたTシャツの中から、ピンクのやつを手に取った。ハートの形にスパンコールが縫《ぬ》いつけられている。サイズは問題なさそうだ。かわいいTシャツの手ざわりを一枚ずつ確かめながら、ゆっくり探したい。できれば試着もしたい。けど、そうはしなかった。あと二枚、好みのTシャツが見つかった。一枚はラベンダー色で、すそに控《ひか》えめなレースの飾《かざ》りがついている。もう一枚は赤紫《あかむらさき》色。色とりどりの蝶《ちょう》の刺《し》しゅうが両そでについている。深く息を吸って、三枚のTシャツをレジに持っていった。

レジにはお客さんがいたので、シャツを腕《うで》にかけて、順番を待った。カウンターには大きなお皿が置いてあって、シルバーの指輪がたくさん入っていた。ひとつは三つ編みみたいなデザインだ。はめてみた。なんだかペイジを思い出す。指輪の横には金属のスタンドがあって、ネックレスがじゃらじゃらかかっている。十字架《じゅうじか》やハートのペンダントもあるし、カラフルなビーズのネックレスもある。シルバーのチェーンに鳥のチャームがついたネックレスが目に留まった。鳥は翼《つばさ》を広げて、空を飛んでいる。値札をひっくり返してみた。十ドル。

「決まったかい？」声をかけられて、顔を上げた。ぼくの番になっていた。

「あ、はい」かすかにふるえる手で、Tシャツをカウンターに置いた。その上にネックレスを置く。店員は値札をひとつずつ調べていく。もしかしたら、これがぼくのための服だとわかっても、この人ならなんとも思わないのかもしれない。そんな考えが、一瞬頭をよぎった。

「商品に問題はなかったかい？」

「うん」

「ＯＫ」店員はやっとぼくの顔を見て、にっこり笑った。

「今週、い、妹の誕生日なんだ」つかえてしまった。「プレゼントに服がほしいって言われて」

「ネックレスもかわいいね」店員はそう言いながらレジを打つ。

「うん」

「二十四ドル十八セント」店員は言うと、シャツとネックレスをビニール袋《ぶくろ》に入れてくれた。

二十五ドルを出して、おつりを待つ。

「妹さんがいい誕生日をむかえられますように」店員はおつりをくれた。ぼくはそれをポケットに入れてビニール袋を持ち、店をあとにした。

26

週末はのろのろと過ぎていった。ようやくやってきた月曜日の朝、ぼくはまだうす暗い部屋で目を覚まし、ジーンズをはいた。クローゼットの夏物の奥《おく》に隠《かく》しておいたビニール袋《ぶくろ》を引っぱりだすと、ネックレスとピンクのTシャツを取り出した。スパンコールのついたやつだ。値札をていねいにはずし、それを丸めてごみ箱に入れた。袋は短パンの奥にしまった。

鏡の前に立ち、自分の姿を見ながらパジャマの上をぬいで、Tシャツを着た。凹凸《おうとつ》のない胸にハートの形があらわれる。ネックレスの金具を首のうしろで留めてから、髪《かみ》にブラシをかけ、サイドの髪を耳にかけた。それからしばらく、自分の姿を見ていた。ペイジが見たら、なんて言うだろう。

だれかがバスルームでシャワーを使っている。その音が聞こえたとき、ぼくはあわててクローゼットの反対側を開けて、濃《こ》い紫《むらさき》のスウェットパーカーを取り出した。すばやく羽織ってファスナーを首元まで上げる。いつもどおりのぼくの姿になった。けど、顔がにやけてくる。そのままシャワーの順番を待った。

フィン先生はまた授業に遅《おく》れてきた。ぼくはバックパックの中からなにかを探しているふりをして、みんなと目を合わせないようにした。パーカーの下に隠れたTシャツの肌《はだ》ざわりを意識しながら、先生を待った。

とうとうベルが鳴った。教室のドアを見たけど、まだフィン先生は来ない。ライアンがこっちに歩いてこようとしている。ぼくはファスナーの金具に手をやって、バックパックに視線を落とした。

「おはよう、グレイソンちゃん！」ライアンはぼくだけに聞こえる声で言った。ぼくはうつむいたまま。「グレイソンちゃんてば！」

そのとき、先生の声がした。「みんな、おはよう！　遅れてすまない。全員席についてくれ。ライアン？　席にもどりなさい」

ぼくはほうっと息をはいた。

「ノートを開いて！」先生はホワイトボードのマーカーを手にした。「『アラバマ物語』を出して。授業をはじめるよ」

ぼくは、胸元で羽ばたいている鳥をパーカーごしにさわりながら、先生の話に耳をかたむけた。

科学の授業がようやく終わった。三時だ。床《ゆか》のバックパックに手をのばした。ミーガンとハナは実験のペアを組んでいて、ぼくのすぐうしろに座っている。ぼくが立ちあがったとき、セバスチャンがかすかな笑みをうかべながら近づいてくるのが見えた。両手をポケットに入れている。「ハーイ、ミーガン」照れた表情で言う。ぼくは自分の前とうしろを交互《こうご》に見た。

「セバスチャン！」教室のうしろのほうから声がした。ライアンが、教室から出ていこうとするクラスメートたちをかきわけるように、こっちに向かってくるところだった。「気をつけろ！」ぶつかりそうになったソフィアに言う。

「セバスチャン、早く帰ろうぜ。うちの母さんがいつも学校の前までむかえに来てくれてるの、知ってるだろ」

ぼくは教室から出ようとして、リオ先生の教卓《きょうたく》の前を通った。ふりかえると、セバスチャンが顔を赤くして、ライアンになにか言っていた。

そのとき、リオ先生の声がひびいた。「グレイソン、ちょっと時間をもらえない？」

ぼくは先生をふりかえった。リオ先生はいつも、生徒に声をかけては、実験道具の片づけを手伝ってとたのんでいる。

「すみません、これから演劇の稽古《けいこ》なんです」ぼくは教室の戸口から答えた。

「ああ、そうだったわね。でも、五分ですむわ。課外活動は三時十五分からじゃなかった？

あなたとセバスチャンに相談したいことがあるのよ」

胸がどきりとした。なんだろう？

壁《かべ》の時計を見た。「わかりました」ぼくは答えて、教卓の前までもどった。

「セバスチャン？」先生が声をかけると、セバスチャンはふりかえって目を大きく見開いた。

「え、おれ？」

「あなたとグレイソンに、ちょっと話があるの」

ライアンがセバスチャンの顔を見て、にやっと笑った。口に手を当てたのは、余計なことを言うなよ、という意味だろう。リオ先生は、まったく気づいていないようだ。

「はーい」セバスチャンが答え、ライアン、ミーガン、ハナの三人は教室を出た。セバスチャンが教卓に近づいてくる。先生は眼鏡《めがね》を額の上まで押《お》しあげた。先生の巻き毛は真っ白だ。

「ふたりとも、よく聞いてちょうだい」リオ先生が話しはじめた。

ぼくは、先生のごつごつとして血管のういた小さな拳《こぶし》で、顔をなぐられたばかりのような気分だった。うつむいて、自分の靴《くつ》を見つめた。

「わたしはこのポーター中学校で四十年近く、教師をしてきました」

ぼくはうなずいて、息をのみ、セバスチャンに目をやった。いったい、なんの話がはじまるんだろう。

「なのにわたしはこれまで……」先生は途中《とちゅう》で言葉を切った。少しためらっているようだ。ぼくはパーカーのファスナーが開いていないか確かめた。心臓の音が耳の奥《おく》にひびいている。

「科学クラブを作ることができなかった。クラブの設立に興味を持ってくれる生徒が集まらなかったの」

呼吸が楽になった。こわばっていた体から力が抜《ぬ》ける。ぼくはセバスチャンを見た。セバスチャンもほっとしているようだ。

先生は笑顔になった。「あなたたち、科学クラブを作りたいとは思わない?」早口になった。「各学年から何人かずつ集めて、クラブを立ちあげたいと思っているのよ。それには、科学をしっかり理解している生徒の力を借りたいの」

ぼくが先に答えた。「すみません、ぼくは無理です。演劇の稽古《けいこ》がいそがしいので」セバスチャンに目をやり、また壁《かべ》の時計を見た。

「おれは――」セバスチャンが答える。

「放課後はギターの練習があるし、宿題もあるから……」声が途切《とぎ》れる。ぼくは思わずにやりとして、セバスチャンの苦しい言い訳を聞いていた。

「まあ、そうなの」リオ先生は、しゅんとしている。「このごろの中学生は、ずいぶんいそがしいのねえ」

ぼくは後ずさりしてドアに近づいた。「すみません、リオ先生。気が変わったら連絡《れんらく》します」ドアノブに手をかける。稽古に行かないとまずい。

セバスチャンもぼくについてくる。「おれも、すみません」気まずそうに言った。

ろうかには、もうほとんど人がいない。ぼくたちは階段を下りてロッカーに向かった。セバスチャンの顔を見た。いつもライアンのそばにいるイメージだけど、さっきミーガンに笑いかけたときの顔は、いつもとちがっていた。「危なかったね」声をかけた。

セバスチャンは床《ゆか》を見たまま言った。

「ああ」それからしばらくすると、ぼくに笑顔を見せた。「ねらい撃《う》ちだったな」

ロッカーから本と上着を出し、すべてをバックパックにつっこんだ。セバスチャンのロッカーはろうかの反対側。ぼくが講堂へと歩きだすと、セバスチャンも並んで歩きはじめた。

ぼくは、鳥のチャームにパーカーごしにふれた。角を曲がり、メインのろうかから、講堂に通じる細いろうかに入る。人の姿はほとんどない。生徒はみんな、もう課外活動をはじめているか、校舎を出て帰途《きと》についたかのどちらかなんだろう。例外は、セバスチャンとぼくと、エントランスの近くにいる何人かの生徒だけ。

ところが、講堂に近づくと、ぼくは前に進めなくなった。ろうかのつきあたりに人がふたりいる。ライアンとタイラーの兄弟だ。これで何度目だろう、またサリーおばさんの警告の言葉を思い出した。ぼくは横にいるセバスチャンを見た。セバスチャンは前にいるふたりを見ている。ふたりはこっちに向かってくる。ふたりとも、顔ににやにや笑いをうかべている。ふたりはセバスチャンを待っていたんじゃないか、と思いたい気持ちが心の片《かた》すみにほんの少しだけあったけど、同時に、そんなわけはないとわかっていた。ふたりはぼくを待っていたんだ。

四人の距離《きょり》が、すごく縮まった。タイラーはライアンより体が大きいけど、その点を除くと、まっすぐおろした前髪《がみ》といい、いかつい顔といい、双子《ふたご》みたいにそっくりだった。

「よう、セバスチャン」目の前までやってきたライアンが言った。けど、目はぼくの顔を見ている。「リオ先生は、おまえとグレイソンちゃんがペアを組むのを許してくれなかっただろう？　だってそんなことをしたら、おれがひとりぼっちになっちゃうもんな？」セバスチャンはろうかの端《はし》のドアを見て、うなずいた。

ぼくはパーカーのファスナーの金具に手を当てたまま、動けなかった。「ところで、グレイソンちゃん」ライアンが話しつづける。「今朝はおれを無視してくれたよな。なんでだ？」

ぼくは黙《だま》っていた。口も動かない。

「グレイソン」タイラーも攻《せ》めてきた。「ちょっと話しあおうじゃないか。ジャックに聞いたんだ。おまえと話をしたければ、放課後ここに来れば会えるってな。なあ、聞かせてくれよ。なんでおれたちを無視するんだ？」

雲の中にいるみたいだった。セバスチャンは何歩かうしろに下がって、壁《かべ》ぎわのロッカーにもたれかかっている。「通してくれ」ぼくはライアンとタイラーに言った。言葉が勝手に、口からこぼれだしてきた。自分がしゃべったという実感がない。片手はまだファスナーをおさえている。ライアンがさらに一歩近づいて、ぼくの行く手をふさいだ。

「今日も講堂で着せかえごっこか？」ライアンが言うと、タイラーも一歩近づいてきた。

「きれいなドレスがたくさんあって楽しいんだろうな」兄弟で目を見合わせ、にやにや笑う。

ぼくは口を開いたけど、そのまま閉じた。頭がくらくらする。ファスナーの金具をつかむ指先に力をこめた。

「ライアン、見ろよ」タイラーが言って、ファスナーをつかんだぼくの手を指さした。

「おまえの言うとおりだぜ。早く着がえたくてしかたがないらしい」ぼくに向きなおる。

「おまえみたいなやつ、見てるだけで気持ち悪いんだよ！」

手が動かない。タイラーがさらに一歩近づいてきて、ぼくのパーカーをつかんだ。ぼくは前によろけた。タイラーの汗《あせ》のにおいがした。ぼくはまたセバスチャンをふりかえった。けど、セバスチャンは両手を体のわきにだらんとたらしたまま、ぼんやりつっ立っている。

そのとき、うしろでどなり声がした。ライアンとタイラーがぼくの肩《かた》ごしに講堂のほうを見る。ぼくもふりかえった。ペイジがこっちにかけよってくる。手に持ったバックパックがゆれていた。

「ちょっと、あんたたち！　なにやってんのよ！」次の瞬間《しゅんかん》には、ペイジはぼくの横に来て、ぼくの腕《うで》を取ってくれていた。

ライアンとタイラーはなにも言わない。しばらくすると、タイラーが「なんだよ。グレイソンちゃんとしゃべっていただけだろ」とペイジに笑いかける。ペイジの顔はあざやかなピンク色になっていた。体から発散される怒《いか》りの熱が、ぼくにも伝わってくる。ぼくは少しだけペイジに体を寄せた。

「グレイソンから、はなれなさい」ペイジがさけんだけれど、ふたりはまだぼくの目の前に立っていた。

「落ちつけよ。おまえ、頭がおかしいんじゃないか」タイラーはぶつぶつ言って、ろうかを見わたし、ライアンといっしょに後ずさりした。セバスチャンは、ペイジを見ている。ほっとしているようだ。

「なによ！」ペイジがどなりつづける。「ひきょうなおくびょう者！　しっぽを巻いて、さっさと家に帰りなさい！」

ぼくはペイジを見て、言葉を失っていた。あんな言葉がペイジの口から出てくるなんて、信じられない。ライアンとタイラーはびくびくした顔つきで、あたりを見まわしている。

「ライアン、行くぞ」とうとうタイラーが言った。「どっちにしても時間がないもんな。父さんが西側玄関《げんかん》で待ってる」

「今週は母さんじゃなかったっけ」ライアンは口ごもりながら言った。

「おまえの勘《かん》ちがいだよ」というと、タイラーはライアンの腕をつかみ、きびすを返してかけだした。校舎のわきのドアを勢いよく開けて、外に出ていく。ろうかは静まりかえった。ぼくの息づかいと、脈の音だけが聞こえる。セバスチャンはさっきと同じ場所に立っている。

講堂のドアがとつぜん開いて、フィン先生が飛びだしてきた。

「ペイジ！」ろうかに先生の声がひびく。「なにがあった？」

ぼくはペイジの手をつかんで、目をのぞきこんだ。

「黙《だま》ってて」どうしてそう言ったのか、自分でもわからない。

「どうして？」ペイジが小声で言う。

「お願いだから」

「どうして？」

フィン先生がこっちに歩いてくる。ほかのみんなも講堂のドアのところに集まって、こっちを見ている。

「……わからないけど」ぼくは答えた。ほんとうにわからなかった。崖《がけ》っぷちに立っているような気分だった。「とにかく、お願い」

ペイジはあきれたような目でぼくを見て「わかったわ」と言った。ペイジの腕《うで》をはなさなきゃならないけど、そう思ったときには、フィン先生がすぐそばまで来ていた。

「なにをどなっていたんだ。なにかあったのか？」先生が言う。

「だいじょうぶです」ペイジは先生の目を見て答えた。「すみません」

「ならいいんだが」先生は、並んで立っているぼくたちをまじまじと見た。ぼくの顔から永遠に視線をはなしてくれないんじゃないか、そんな気がした。その視線は、〝ほんとうになんでもないんだな？〟と言っていた。

そう、なんでもない。ぼくはペイジの腕から手をはなして、両手をポケットにつっこんだ。

先生はまだ動かない。「グレイソン、なにかあったらいつでも先生に話してくれよ。いいな？」

「はい」ぼくは小さく答えた。ほかになにも言いたくなかった。

だれもなにも言わない。やがて、先生が言った「じゃ、もどろうか」

ろうかを歩きながらふりかえった。セバスチャンはいなくなっていた。

27

状況《じょうきょう》はよくなったり悪くなったりのくりかえし。なにもかもが光に包まれたかと思ったら、すべてが闇《やみ》に沈《しず》んだりする。

教室でも、それから、サリーおばさんとジャックのいる自宅でも、頭を低くして、ファスナーにいつも手をかけて、おとなしくしていた。昔の自分みたいに目立たなくなりたい、とひたすら思っていた。

けど、稽古《けいこ》は別世界だった。

ほかのメインキャストといっしょにステージに座り、足をぶらぶらさせながら、頭上の照明や、その下の広い空間を見上げた。光と闇が溶《と》けあうようすに目を奪《うば》われた。ぼくのとなりにはペイジ。反対どなりにはアンドルーがいた。

「紳士淑女《しんししゅくじょ》のみなさん！」フィン先生の声がひびいた。「二月の時点でここまで稽古が進むとは、思ってもみなかった。今年はすばらしい公演になるぞ！」ぼくは、観客でぎっしりの暗い講堂でペルセポネを演じている自分を想像し、笑顔になった。

「前回の稽古では、第三幕の話をした」フィン先生の話が続く。リードが手を挙げて、冥界《めいかい》のシーンでは舞台《ぶたい》装置がどうなっているのか質問した。ぼくは、黄金のドレスを着て、いすに座る自分の姿を思いえがいた。

「なんだよ、グレイソン。なんかおもしろいことでもあるのか？」アンドルーが耳打ちして、楽しそうにぼくを小づいてきた。

「え？」見上げると、アンドルーはくすくす笑っていた。ぼくはきっと、空中の一点を見つめてにやにや笑っていたんだろう。

「ううん、なんでもない」笑顔を返した。このままアンドルーを見ていたら、思いきり笑いだしてしまいそうだ。そうならないように、つま先に視線を落とした。

みんなの足がステージの端《はし》からぶらさがっている。ぼくは、二年前の夏、サリーおばさんとエヴァンおじさんに連れていってもらったグランドキャニオンの旅行を思い出した。崖《がけ》のぎりぎり端のところに立って、手すりの下を見おろし、いまにも落ちそうな感覚を味わったり、ハイキング中に石につまずいてよろけ、切りたった崖から落ちそうになったりしたことがあった。あのとき、ぼくの手をつかんで助けてくれたのは、ジャックだった。

フィン先生がまだ話しているけど、ぼくの耳には入ってこない。きらきらした光のイメージが、闇《やみ》にのみこまれる。ぼくはまたペルセポネになって、ステージに立っていた。一歩踏《ふ》みだしたらあの崖から落ちそうな、みょうな不安に襲《おそ》われていた。

手が勝手に動いて、パーカーのファスナーを確かめる。だいじょうぶ、上まで閉じている。
余計なことを頭から追いだして、フィン先生の話を聞こう。

「質問がなければ、はじめよう！」と先生が言い、全員が持ち場につく。

ぼくは崖の記憶《きおく》を追いはらって、ステージの中央に立った。冥界《めいかい》の魂《たましい》たちがステージ上をふらふら歩きながら、ぼくを見ている。ぼくのせりふを待っているんだ。このシーンは、ゆうべエヴァンおじさんと練習したのでばっちりだ。

クリステンのとなりのベンチに腰《こし》をおろして、まわりをふらつく死者の魂を見つめる。まわりは暗くじめじめしている。

「わたし、ここではひとりぼっちなの」クリステンに話しかけた。それから、オリンポス山での暮らしがどんなに幸せに満ちたものだったかを説明しようとし、言葉が見つからずに途《と》方《ほう》に暮れる。クリステンの目に悪意がひそんでいることも忘れ、白昼夢にひたる。母親と過ごした庭園を心に思いえがき、ぼうっとしたまま、ベンチの横にある段ボールの木からザクロの実をもいでしまう。実を割って中の種をつまみ、口に入れる。クリステンの目が光ったことにも気づかない。

ゼウスとハデスがペルセポネを探しに来たところで、フィン先生からストップがかかった。

「ちょっと聞いてくれ。みんな、グレイソンが役になりきっているのがわかるか？　グレイソン、すごくいいぞ」みんながぼくを見る。ぼくは笑みをおさえきれなかった。くちびるにどんなに力を入れても、ゆるんでしまう。

「ほんとうにすばらしい。文句のつけようがない」先生はとことんほめてくれた。

ステージの端《はし》にいるペイジもうなずいている。ぼくの視線に気づくと、にっこり笑って親指を立ててくれた。

稽古《けいこ》が終わって家に帰ると、ダイニングのテーブルには、ふたが開けっぱなしになったシリアルの箱と、よごれたお皿が二枚置いてあった。家の奥《おく》のほうからジャックとブレットの声が聞こえる。自分の部屋に行く途中《とちゅう》、ジャックの部屋の前を通ると、ゴムのボールがドアにぶつかる音がした。ふたりがはじけたように笑う。ぼくはごくりと息をのんだ。きっとふたりでジャックのベッドに座り、ドアにセットしたバスケットボールのゴールに向かってボールを投げているんだろう。どちらかがラグマットに飛びおりて、ボールを拾おうとしている。

ぼくは自分の部屋のドアをそっと閉じて、数学の教科書を開いた。エヴァンおじさんとのせりふの練習は、夕食のあとにやろうと約束している。だからそれまでに宿題を片づけてしまいたいのに、なかなか集中できない。ドアが閉まっていても、ふたりが飛びはねる音や笑い声が聞こえてくるからだ。ぼくも昔は、ジャックとふたりであんなふうに、きたない毛布の上ではだしになって遊んだものだ。オレンジ色のゴムボールのやわらかい手ざわりをいまも覚えている。

二週間が過ぎた。外は凍《い》てつく寒さだ。稽古やせりふの練習をしていない時間が一秒でもあると落ちつかない、それくらい演劇に夢中になっていた。ある金曜日、いつものようにロッカーまでむかえに来てくれたペイジとふたりで講堂に行った。そこへ、フィン先生が小さな段ボール箱をかかえて入ってきた。男子はもうステージにいる。ぼくも、女子のみんなといっしょにステージに上がった。客席の最後列に校長先生がいる。きっとフィン先生といっしょに歩いてきたんだろう。

フィン先生はぼくたちの前に立ち、満面の笑みを見せた。「本番まであと一か月だ！　というわけで、いろいろそろえてきたぞ。幸いなことに予算が少し余ったので……」箱を開け、あざやかな色のゴムのブレスレットを取り出すと、高く掲《かか》げた。赤、黄、青といった原色の組み合わせだ。

「みんなの団結の印に、これを作った。『ペルセポネの物語』とネームが入っている」先生は誇《ほこ》らしげに言い、それを手首にはめた。みんなに見えるように手を高く上げる。

「素敵」ペイジが声をもらした。

フィン先生は箱をケイリーにわたした。ケイリーはブレスレットをひとつ取り、箱を次に回す。箱がぼくのところまで来ると、ぼくもひとつ取って手首にはめた。たしかに、ななめの書体で『ペルセポネの物語』と書いてある。

「最高！」

ぼくはペイジに言った。ペイジも腕《うで》を高く上げた。

「やったね！」ペイジがにっこりする。たがいのブレスレットを軽くぶつけあった。

このまま時間が止まればいいのに、と一瞬《いっしゅん》思った。このままずっと、この喜びを味わっていたい。

けど、そんなことは不可能だ。

その日の夜、家に帰ってパジャマに着がえると、三枚のTシャツと、洗濯《せんたく》室から持ってきたおしゃれ着用洗剤《せんざい》を持って、バスルームに行った。指が赤くなって感覚がなくなってもがまんして、冷たい水でTシャツを洗った。ブレスレットが水面をぴちゃぴちゃたたく。鏡に映った自分の顔を見ながら、両手を機械的に動かしつづけた。

水がにごってきた。水を捨ててTシャツをしぼり、ろうかをはさんだ自分の部屋にもどった。クローゼットの服を右側に寄せて、Tシャツを干すための空間を作る。リネン入れから持ってきたタオルを床《ゆか》にしいて、たれてくる水滴《すいてき》受けにした。クローゼットのドアを閉め、ベッドに横になると、エヴァンおじさんが来てくれるのを待った。せりふの練習をすれば、また元気がわいてくる。

闇《やみ》、光、闇、光、闇、光のパターンが永遠にくりかえされ、日々が過ぎていく。三月のある月曜日、ぼくはステージのそでで出番の合図を待っていた。劇のラストシーンだった。ゼウスがぼくを冥界《めいかい》から救いだしてくれて、すべては光に包まれる。ぼくはパーカーのファスナーにふれた。稽古《けいこ》が終わったら、また闇が降りてくる。

闇に包まれるのはもういやだ。

ファスナーを少しだけ開けた。三センチくらい。いや、五センチくらい開いただろうか。ネックレスを出して、それを見おろした。鳥がライトを浴びて光る。笑みがうかんだ。

「グレイソン？」と呼ばれてフィン先生を見た。「出番だよ」

ぼくはステージの中央に進み出た。

稽古が終わると、ペイジがそばに来た。ぼくは、バックパックから上着を取り出すところだった。鳥のチャームが胸元でゆれるのを感じたとき、ペイジのきらきらの靴《くつ》が近づいてくるのが見えた。思わず手を上げて、鳥のチャームをつかんだ。パーカーの中にもどすこともできたけど、闇《やみ》にのまれるのはもういやだと思い、そのままにして体を起こした。

「ハーイ」ペイジが言う。

ぼくは胸元から手をおろした。「ハーイ」

「わあ、素敵なネックレス！」ペイジは歓声《かんせい》を上げ、自分の付けているネックレスにふれた。赤とオレンジのきれいな輪っかに茶色い革ひもを通したものだ。「それ、新しいの？」

ぼくはネックレスを引っぱってみせながら、ペイジの目を見た。ネックレスの下には、ラベンダー色のTシャツのえり元が見えているだろう。

「ありがとう。けど、新品ってわけじゃないんだ」慎重《しんちょう》に答えた。

ペイジはぼくをじっと見ながら、鳥のチャームにふれた。チェーンが軽く引っぱられるのを感じる。ペイジは鳥をひっくり返してじっくり見ている。ラメ入りの青いマニキュアをぬったペイジの指が、銀色の鳥にふれている。その下にはラベンダー色のTシャツ。ぼくはその光景を想像した。

「ねえ」しばらくして、ペイジが言った。「今日もおじさんのおむかえがあるの？」

「今日は、おばが来るんだ。PTAの集まりがあるとかで」

「すごいわね。おばさんがPTAにいるなんて、知らなかった」

「いや、いまじゃなくて昔の話だよ。しばらく前にやめて、最近また、もどったんじゃないかな」

「じゃ、もう行く？」

「うん」と答えて、外に出た。五時半だけど、前ほど暗くはない。春が近づいている。けど、まだ凍《こご》える寒さだ。コンクリートの階段の上で立ち止まった。パーカーのファスナーを上まで閉じて、上着を着た。フードをかぶる。

「お父さんだね」

ペイジのお父さんの車が入ってきた。

「うん。じゃあね、グレイソン」ペイジはミトンをはめた手を金属の手すりにすべらせながら、階段《かいだん》を一段飛ばしに下りていった。ぼくはかじかんだ手をポケットに入れた。

「ペイジ？」と呼びかけると、ペイジは階段の下でふりかえった。寒くて凍えそうだ。

「なあに？」ペイジはニット帽《ぼう》を耳がかくれるくらい深くかぶった。

なにか言いたかったけど、なにを言えばいいかわからなかった。

「ううん、なんでもない。バイバイ」

ペイジは、にっこり笑って手をふった。ぼくは冷たい階段に腰《こし》をおろして、サリーおばさんを待った。何分かすると、おばさんが建物の向こうから現れた。いっしょに歩いて車に向かった。

「グレイソン、今日はどうだった？」

「楽しかったよ」ぼくは答えて、氷のような雪を踏《ふ》む自分の足を見つめた。

「なにかおもしろいことはあった？」おばさんはハンドバッグに手を入れ、車のキーを探している。はく息がこおって、おたがいの間に白い雲ができた。

ぼくは肩《かた》をすくめて、おばさんが車のロックを解除するのを待った。おばさんをハグして、ネックレスやTシャツを見せたい気持ちもほんの少しはある。けど、気持ちの大部分は、おばさんのそばにいるだけで、動揺《どうよう》して、不安定になっている。車に乗りこむと、おたがい黙《だま》ったまま家に向かった。

28

次の朝、自分の席について、フィン先生が来るのを待った。ライアンが入ってきた。ぼくはすぐに片手を胸元にやって、パーカーの外に出した鳥のチャームを隠《かく》した。ありがたいことに、フィン先生はそれからすぐにやってきた。先生はくちびるを固くむすんでいる。目は、仕事でめんどうなことがあったときのエヴァンおじさんみたいな感じ。ブリーフケースをいすに放りなげた。ケースはドスンと音を立てて着地した。

「みんな、席について」先生は声をはりあげた。ぼくは先生のようすを観察しながら、鳥のチャームから手をはなせずにいた。こんな先生は見たことがない。昔の記憶《きおく》がばらばらの破片のままよみがえってきた。ぼくはなめらかな陶器《とうき》の猫《ねこ》を小さな両手でかかえている。背中のところに細いひびが入っていて、灰色のクモの巣みたいに見える。お母さんに上から見られている。お母さんの手がのびてきて、猫をつかんだ。

「今日の授業は黙読《もくどく》にする」先生はつぶやくような声で言った。クラス全体がしんとしている。「一時間目と二時間目、どちらも黙読だ」と先生が続けると、不満そうな声があちこちから聞こえる。

「文句ならいくらでも言ってくれ。だが、『アラバマ物語』の読みが遅《おく》れている人がたくさんいるはずだ。遅れていない人は、作品がしっかり理解できるように、はじめから読みなおしてほしい」

教室を見まわすと、みんなもきょろきょろしていた。フィン先生の授業では、黙読はせいぜい二十分。それ以上長かったことなんかない。それに、先生が怒《おこ》っているところも、だれも見たことがないはずだ。ぼくはバックパックを開けて、本を取り出した。

読もうとしても集中できない。先生はペンのおしりをかみながら、ホワイトボードの前を行ったり来たり歩いている。教室内はしんとして、ページをめくる音だけが聞こえる。静けさが、雨雲みたいに低くたれこめている。

二時間目が終わる何分か前、ノックの音がひびいた。クラス全員がはっとして顔を上げる。ろうかに校長先生が立って、小さな長方形の窓から教室をにらみつけていた。フィン先生はぼくたちにはなにも言わず、ろうかに出ていった。ドアが閉まるとすぐ、クラスは大騒《さわ》ぎになった。ぼくは時計を見た。もうすぐベルが鳴る。バックパックに本をしまった。最初から読みなおそうとしたけど、ほとんど読めなかった。体を起こすと、ライアンが机の前に立っていた。ぼくはあわてて鳥のチャームを手でかくした。

「かわいいネックレスしてるじゃんか、グレイソンちゃん。で、おまえ、どんな気分だ？」

「どんな気分って?」ぼくは力なく答えた。そばにペイジがいてくれたらいいのに。

「わかんねえなら教えてやるよ。フィン先生がおまえのせいでクビになるんだ。なあ、どんな気分だ?」

ぼくはライアンを見つめた。まわりの床《ゆか》が、ゆっくりくずれていく。学校の下の地面が割れて、大きな裂《さ》け目ができるんじゃないかと思った。教室は静かになりはじめた。

「どういうこと?」ぼくは聞いた。ちゃんとした声が出ない。

ライアンは向きを変えて、となりの列を見た。みんなが注目する中、ライアンはふんと笑った。

「こいつ、知らなかったんだってさ! うちの母さんが言ってた。PTAの集会におまえのおばさんが来てたらしいぞ。おまえ、ほんとうに鈍《にぶ》いんだな」

静かで重い空気の中で、とつぜん、いろんなことが組みあわさりはじめた。パズルのピースが宙にうかんで、勝手につながっていく。サリーおばさんがPTAに復帰したのは、ぼくのせいだったんだ。フィン先生をやめさせるためだったんだ。

「集会でなにがあったのか、母さんは話したがらなかった」ライアンが話を続ける。

「けど、おれが強引に聞きだした。とにかく、おまえに関係があるらしい。おれが思うに、フィン先生がおまえをゲイにしたからだよ。フィン先生もゲイだからな!」地面の割れ目が大きくなっていく。ライアンは腰《こし》をかがめて、ぼくの前に顔をつきだした。ベルが鳴ったけど、だれも動かない。「グレイソンちゃん、先生にいいことされちゃったのか？」

みんなは黙《だま》っている。

全身が凍《こお》りついているようでもあるし、火がついたようでもある。ろうかでペイジに助けてもらった日のことが思い出される。いまここにペイジがいてくれたらいいのに。ぼくはペイジみたいにライアンをどなれない。だけど、これ以上ここにいてライアンの話を聞いている義務もない。バックパックに手をのばした。

となりでなにかが動いた。ふと見ると、ミーガンが机の間を歩いてくる。顔を真っ赤にして、床《ゆか》を見ながら。黒くてしなやかな髪《かみ》が前にたれて、黒いカーテンみたいに、ほおを隠《かく》している。ミーガンはライアンの横、ぼくの前で足を止めた。一秒後には、ハナとヘイリーもミーガンの横に立っていた。

ミーガンは髪をうしろに押《お》しやった。「グレイソン、行きましょ」

ぼくは立ちあがり、バックパックを肩《かた》にかけた。ミーガンの声は小さかったけど、教室が静かなので、みんなに聞こえただろう。

「うん」ぼくも小さく答えた。四人でドアに向かう間、自分が宙にういているように思えた。ろうかにはまだフィン先生と校長先生がいて、押しころした声で激しいやりとりをしていた。

ぼくたちが通ると、会話がやんだ。ぼくはフィン先生の褐色《かっしょく》の目を見上げた。先生は目をそらした。

稽古《けいこ》もいつもとは全然ちがっていた。講堂の客席最前列には、ペイジとぼくより先に校長先生が座っていた。ミーガンとセバスチャンのうわさ話をする女子はひとりもいない。ヘアブラシを回して使ったり、ヘアクリップをバックパックから取り出したりする子もいない。

ステージに上がると、七年生のステファニーとリンジーがひそひそ話しているのが聞こえた。リンジーがゆうべお母さんから聞いた話らしい。「どういうことなのか、はっきり聞いてみるべきよ」とステファニーが言う。ぼくはどきりとした。パーカーの上でゆれている鳥のチャームを見おろして、ステージの縁《ふち》に座った。先生を待つしかない。ペイジとミーガンが両どなりに座ってくれた。ペイジは、肩に手を回してくれた。ぼくは、ペイジが校長先生の顔をまっすぐに見ていることに気がついた。ペイジの骨ばった腕《うで》の重みを肩に感じているうちに、泣きたくなってきた。

ようやくフィン先生がやってきて、稽古がはじまった。ぼくは無言でさけんだ。〝ぼくを見て！　なにがあったのか、ちゃんと話して！〟でも先生はこっちを見てもくれないし、話してもくれない。ライアンの顔が頭からはなれない。ステージには闇《やみ》が降りかかろうとしている。みんなもそれを感じているはずだ。ぼくはステファニーとリンジーを見た。まだひそひそ話しあっている。

ステージでは、アンドルーがペイジに「ペルセポネを探すのに手を貸してやろう」というせりふを言っている。ペイジは、娘《むすめ》のペルセポネがいなくなって動揺《どうよう》しているはずなのに、上の空という感じだ。手に持った脚本《きゃくほん》を見てばかりいる。

フィン先生はステージの前を右へ左へと歩きながら、手で口をおおい、稽古《けいこ》を見ている。ペイジとアンドルーのシーンがなんとか終わった。ふたりは先生を見た。「すみません」ペイジは脚本を両手でもてあそびながら言った。先生はすぐには答えなかった。

だいぶたってから先生は「いいだろう」といった。それから「気にするな。気にするな」とくりかえして言うと、なにか考えこむような顔をした。

「難しいシーンだから、完璧《かんぺき》にできなくてもしかたがない」

ぼくはステージのそでに立って、ワイン色のカーテンに半分隠《かく》れていた。手首につけたブレスレットをゆっくり回しながら、話を聞いた。

「ぼくたち、ちゃんとやります」アンドルーが言った。「心配しないでください。しっかり練習しますから」

「いや、アンドルー、そっちこそ心配するな。さっきも言ったように、このシーンは難しいんだ。先に進もう。第三幕、第二場。行くぞ」先生はぱんと手をたたいた。その音が講堂全体に反響《はんきょう》し、ステージにもどってきてから消えた。広大なスペースに静寂《せいじゃく》が広がる。ぼくは校長先生を見た。足を組み、鋭《するど》い目をして、下くちびるをかんでいる。

「みんな、第二場だ。はじめるぞ」

だれも動かない。先生がもう一度くりかえすと、ようやく稽古がはじまった。

稽古のあとは、エヴァンおじさんがむかえに来てくれた。ぼくは階段をかけおりて車に乗りこみ、ドアを力まかせに閉めた。

「グレイソン、どうした?」おじさんはそう言ったけど、声に力がなかった。なにがあったか、もう知っているんだろう。ぼくは言いたいことがありすぎてはち切れそうだったけど、口が動いてくれなかった。のどがしまって、窒息《ちっそく》してしまいそうだ。

「おばさん、ひどいよ。フィン先生はいい先生なのに」ようやくそれだけ言えた。

エヴァンおじさんはなにも言わず、ラジオのスイッチをなぐるように押《お》して、消した。車の周囲をふきぬけていく風の音がする。「そうか」ようやくおじさんが口を開いた。

「おばさんは、先生が出すぎたことをしたと思ったようなんだ」おじさんの性格はよく知っている。慎重《しんちょう》に言葉を選んで話しているのがわかる。おばさんをかばっているんだ。

「だけど、やりたいって言ったのはぼくだよ!」

「わかっているよ、グレイソン。おまえが希望したんだな」

「フィン先生がクビになるって、ほんとうなの？」

「いや、そんなことはないだろう。いま問題になっているのは、おまえにペルセポネ役をやらせるというフィン先生の決断は、一方的なものだったかどうか、ということなんだ」

ぼくはそれ以上しゃべれなかった。頭をシートの背もたれに預けて、目を閉じた。おじさんが車を駐車場《ちゅうしゃじょう》から出す。そのとき、ある考えが頭にうかんだ。ぼくが役から降りたらどうなる？　目を開いて身を乗りだした。ぼくがペルセポネをやめたら、全部なかったことになるんだろうか。おじさんがこっちを見ている。

「グレイソン、だいじょうぶか？」

やめたくない。ぼくは答えた。「ううん」

「ああ。つらいだろうな」

その夜、グランドキャニオンの夢を見た。ぼくが崖《がけ》っぷちを歩いていると、すぐそばに、ろうと状の雲があらわれた。すごい勢いでうずを巻いている。すぐ近くまで来ているから、そのうち、のみこまれてしまうだろう。どうすることもできない。ぼくは雲のうずをのぞきこんだ。すると、ぼくの顔がもうひとつ現れて、ぼくを見つめてきた。髪《かみ》が三つ編みだらけになっていた。

29

うわさはみんなの耳に入ったらしい。翌日、人文学の時間がはじまろうとしていた。だれもしゃべらないし、笑わなかった。だれかの机に腰《こし》かけて、先生が来るのを待っている生徒もいなかったから、そこから降りて自分の席につきなさい、と注意されることもなかった。全員が、フィン先生はクビにされると思っていた。それも、ぼくのせいで。

車の中でエヴァンおじさんに言われたことを、また考えた。なにがほんとうで、なにが嘘《うそ》なのかわからない。フィン先生は教室の前まで来ると、どうしたらいいのかわからない、とでもいうように、ぼくたちを見ていた。

ぼくと反対の端《はし》の席に座っているアッシャーが、手を挙げた。

「アッシャー、なんだ?」フィン先生は疲《つか》れきった声で言った。

アッシャーはジェイソンを見てから、また先生を見た。ぼくははっとして、体が硬直《こうちょく》した。きっと、いまの問題を説明してくれと言うつもりなんだ。〝そうだ、説明してくれ!〟ぼくは無言でさけんでいた。先生の口からそれを聞いたらとてもつらいだろうけど、とにかく真実が知りたかった。

しかし、アッシャーは急に恥《は》ずかしそうな顔をして、「いえ、いいです」と言った。フィン先生はうなずき、窓の外を見て、ひげののびかけたほおをこすった。

「すまない」先生はみんなを見てつづけた。

「きのうは申し訳なかった。一時間半も黙《だま》って本を読ませるなんて、どうかしていた。ぼくのするべきことじゃなかったと思う」

もっと話がしたそうだったけど、それだけだった。先生は、手にした出席簿《ぼ》を何度もひっくり返しながら、ぼんやりしていた。

「今日はちゃんと授業をやろう。『アラバマ物語』についてのディスカッションをはじめたい。四人ひと組になってくれ」

みんながそわそわしていた。これからのことを心配していた。

「みんなが不安になっているのはわかる。だが、だいじょうぶだ。四人ひと組になってくれ。机を四つずつ固めるんだ。この学期の最後まで、そのグループで学習を進める」

教室内がざわつきはじめた。ぼくは窓の外を見ていた。溶《と》けかけた雪の上を、トラックが走りぬけていく。

「グループができたら、どんなテーマでディスカッションをするか、決めてほしい。開始!」

まわりが動きはじめる。みんなが机といすを引きずっていく。話し声と笑い声がひびく。

けど、ぼくは自分の机だけを見ていた。だれと組むことになってもかまわない。

「グレイソン」と声をかけられて顔を上げると、ミーガンがいた。

「来て。場所、とってあるから」教室の奥《おく》のほう、フィン先生が余った本をしまっているキャビネットの前に、ヘイリーとハナが机をくっつけて待っている。ハナの前にミーガンの机があって、そのとなりが空いている。

「ありがとう」ぼそりと答え、バックパックを持って、机といすを押《お》しはじめた。教卓《きょうたく》の前を通った。先生は教卓に座って、ペンをもてあそびながら、みんなのようすを見ている。ぼくは控《ひか》えめに笑いかけてみたけど、先生は目をそらした。

目の奥が、ちくちくする。先生はぼくが嫌《きら》いなんだ。エヴァンおじさんはなにも知らないんだろう。フィン先生はぼくのせいでクビになる。ぼくは嫌われて当然だ。

アミリアとライラは別のすみにいて、アッシャーとジェイソンと机を合わせ、なにかくすくす笑っている。ライアンはいすを頭の上に持ちあげて、教室を横断中だ。「セバスチャン、こっちに来いよ！」さけんでいるけど、セバスチャンはアンソニーのとなりに立って、困った顔をしている。結局、いすをかついでライアンのところに行った。

ぼくは、ミーガンが空けておいてくれたスペースに机を置いた。するとフィン先生が教卓から下りて、みんなの間を通りぬけ、ぼくたちの島にやってきた。こっちへこれくらいずれてくれ、と指示された。「四人の島が六つできるはずだ。ほら、きれいに並べてくれよ。たつまきにやられたみたいにぐちゃぐちゃになっているぞ！」先生はライアンとセバスチャンのいるグループのところに行き、四人を立たせて、机を少し窓よりに移動させた。ようやく全体が先生の希望どおりにまとまると、先生は黒板の前に立って、〈討論のテーマ〉と書き、「ノートを出して！」と言った。そのときだけ、いつものフィン先生がもどってきたように思えた。ぼくはゴールドのラメ入りペンを出して、ノートに日付を書いた。外の光がラメに反射して、ちょっと読みにくい。けど、かまわない。闇《やみ》は忘れて、光のことだけを考えていたい。

できるだけ長いこと、光だけを見ていようと思った。けど、遠くにいるライアンの顔が見えた瞬間《しゅんかん》、すべてを思い出してしまった。

金曜日の稽古《けいこ》の途中《とちゅう》、全員がステージに座らされた。リラクセーション・エクササイズの最中に来ていたのか、客席の最前列に校長先生が座って、こちらを見ていた。フィン先生の声は疲《つか》れているようだったけど、なるべく陽気に話そうとしているのがわかった。
「公演まで二週間もないんだぞ」ぼくはちくちくする目をこすり、天井《てんじょう》のライトを見上げながら先生の話を聞いた。

「きみたちにも、きみたちのご両親にも、スケジュールを再確認してもらいたい。来週の土曜日は衣装合わせを行う。衣装の最後の手直しだ。保護者にボランティアで協力をお願いしたい。協力してくださる方は十二時半に来てほしい、三時までには確実に解散する、とおうちの方に伝えてくれ」

先生はいったん言葉を切って、ぼくたちみんなを見た。

「今日はラストシーン、ゼウスがペルセポネを母親の元へ連れかえるシーンをおさらいしようと思う。ランデン先生が手伝ってくださることになった」

そういうとフィン先生は客席に視線を送った。二列目にランデン先生が座っている。校長先生のかげに半分隠《かく》れていたので、ぼくはランデン先生が来ていることにまったく気づいていなかった。先生は笑顔で手をふってくれた。そういえば、オーディション以来、顔を見ることもほとんどなかった。

「みんなも知っているかもしれないが、ランデン先生はこの中学校でミュージカルの指導をしてこられた。空間の使いかたや、動きやせりふのタイミングについて、アドバイスしていただこうと思う。ラストシーンはキャスト全員がステージに上がるからね」フィン先生はランデン先生を見てうなずいた。

「ありがとう、サマンサ」フィン先生がそう言うと、ランデン先生は小さく会釈《えしゃく》を返してきた。

キャストが持ち場につく。

ぼくはアンドルーと並んで、段ボールで作った馬車の荷台に座った。リードと冥界《めいかい》の魂《たましい》たちはステージの片そでに控《ひか》えることになっている。ペイジと妖精《ようせい》たちは反対側のそで。なのに、みんなが場所をまちがえている。フィン先生の指示が飛んだ。うんざりするくらい待って、ようやくシーンがはじまった。ステージがライトに照らされている。フィン先生に嫌《きら》われているとわかっていても、ぼくは気分が高揚《こうよう》した。きらきらの光に包まれている、それがうれしくてたまらない。

「その持ち場を忘れるな！　だれがとなりにいるか、覚えておくんだ。ステージのセンターには近づくな。センターはグレイソンとアンドルーのために空けておけ！」フィン先生が声をはりあげる。

そこへ「フィン先生、ちょっといいですか？」とランデン先生が口をはさんだ。

「もちろん」

「みなさん、いい？」ランデン先生が落ちついた口調《くちょう》で言うと、みんなは静かになった。

「ちょっとお話ししたいことがあるの。このシーンは、いまは収拾がつかなくなっているようね。まずはわたしの話を聞いてちょうだい」先生は間《ま》を置いた。考えていることをどうやって表現したらいいか、考えているようだ。

しばらくして、ランデン先生は話しはじめた。「ミュージカルをずっと教えてきてわかったことがあるの。公演当日が近づいてくればくるほど、稽古《けいこ》は難しくなる。どうしてだかわからないけどね。ただ、理想どおりのものを作りあげるには、その前に一度すべてをぶちこわさなければならないってこともあるのよ」先生は言葉を切り、みんなの顔を見た。講堂はしんとしている。

「言ってる意味、わかるかしら？」みんな、黙《だま》って先生を見ている。

先生はまたみんなを見まわして、うなずいた。「そのうちわかるわ。じゃ、ラストシーンの最初からやってみましょう」

ラストシーンの最初から最後まで、なんとかやり通した。ヘルメスが最後のモノローグを語っているとき、ぼくは客席に目をやった。フィン先生は片手で口をおおい、がっくりうなだれている。目の下に黒いくまができていた。

たしかに、ひどい出来だった。口ではどう言っていても、フィン先生は、やっぱり完璧《かんぺき》なパフォーマンスが見たいんだと思う。ラストシーンなんだから。しかも、フィン先生がポーター中学校で指導をする、最後の演劇になるかもしれないんだから。

ぼくのせいで。

30

週末が来たと思うとうんざりする。何年か前の夏、テッサおばさんとハンクおじさんの別《べっ》荘《そう》で、アライグマの罠《わな》をしかけたことがある。裏口の階段の下の空間にトラップを置いて、※ボイセンベリーをたっぷり入れておき、ひと晩待った。朝になって見てみると、罠のすみでアライグマの赤ちゃんがうずくまっていた。罠の床《ゆか》にはボイセンベリーが散らばり、アライグマの赤ちゃんの固い毛にもびっしりからみついていた。ジャックとブレットとぼくは、ちくちくする草の上にいつまでも座って、アライグマを見ていたけど、そのうち動物管理局の人が来て、アライグマを連れていった。

夕食後、ベッドに寝《ね》そべって、くしゃくしゃの脚本《きゃくほん》をにぎりしめ、そんなことを思い出していた。

サリーおばさんとエヴァンおじさんがリビングで話しあっているのが聞こえる。小声で話そうとしているのに、つい大声が出てしまうようだ。ぼくは自分の部屋を出て、ろうかで立ち聞きをした。ふたりは声をひそめてはいるけど、激しいやりとりを続けている。

「こんなことになるなんて、思っていなかったに決まってるでしょ?」

「じゃ、どんなことになると思っていたんだ？」

「フィン先生がグレイソンにほかの役を与《あた》えてくれれば、それでよかったのよ。あるいは、ペルセポネを女の子じゃなくて男の子にすればよかったんだわ。舞台監督《ぶたいかんとく》なんて、そういうことをよくやっているじゃない。少なくとも、グレイソンにドレスを着せるなんてこと、絶対許しちゃいけなかったのよ。わたしは、みんなにまともな判断をしてほしかっただけ。グレイソンが傷つかないようにしてほしかった。フィン先生をクビにするなんて話が聞こえてくるとは思いもしなかったわ」サリーおばさんは、しゃべればしゃべるほど声が大きくなっていく。

「声をもっとおさえてくれよ。それに、もっと冷静に話せないのか？　フィン先生を解雇《かいこ》しろと言いだしたのは、一部の保護者であって、校長先生じゃない」エヴァンおじさんはいったん言葉を切った。きっと窓の外を見ているんだと思う。「ただ、もしクビになったら、先生はそのあとどうするんだろう」長い沈黙《ちんもく》があった。

しばらくして、おじさんは言葉を続けた。

「どんな理由であれ、フィン先生がポーター中学校を辞めることになれば、大きな穴ができることになる。あの先生は学校でも指折りの人気者だったわけだし」

「それはそれは大変だわね。なによ、わたしにうしろめたい思いをさせてそんなに楽しい？

わたしはそんなこと気にしませんからね。どうするのがグレイソンのためになるか、問題はそこなんだから」

胃がきりきり痛む。ぼくは無意識のうちにリビングに入っていた。エヴァンおじさんは、思ったとおり、窓のそばに立って、黒い湖をながめていた。サリーおばさんはぼくを見て口を開き、なにか言おうとしたけど、そのまま口を閉じた。

とつぜん、ぼくの口から言葉があふれてきた。

「ぼくのため？　そんなこと考えてないくせに」はじめは小さな声だった。「ぼくはあの役をやりたいんだ」そしていつのまにか、ぼくはさけんでいた。「おばさんは、ぼくをモンスターだと思ってるくせに！」

おばさんはふたりがけソファに腰《こし》をおろした。泣きそうな顔をしている。泣けばいい。おじさんがぼくのところに来て、片手をぼくの肩《かた》に置いた。「グレイソン」声をかけてきたけど、目はぼくじゃなくておばさんを見ている。

「座って話そう。サリーおばさんがおまえをモンスターだなんて、思うはずがないだろう？まあ、動揺《どうよう》するのも無理はない。いろいろ大変な思いをしているんだからな」

熱い涙《なみだ》があふれる目で、おじさんを見た。

「だれになんの役を与《あた》えたか、くらいのことで人をクビにできるもんなの？　ペルセポネをやりたかったのはぼくなんだよ！　ぼくがオーディションを受けたんだよ！」最後はさけんでいた。座りたくなんかない。ふたりを思いきりにらみつけた。

おじさんは茶色い革ばりのいすに腰《こし》をおろして、おばさんと向かいあわせになった。足をいったん組んで、元にもどすと、ひとつ深呼吸をした。

「グレイソン、問題にされているのは、フィン先生が、生徒全体を教えみちびいていく上でのポーター中学校の指針に従っていたかどうかということなんだ」

「なんのことだかわからないよ」

「PTAの保護者の一部が――」といって、おじさんはおばさんにちらっと目をやった。

「――グレイソンにその役を与えたのはフィン先生の越権行為《えっけんこうい》じゃないかと考えたんだ、つまり、理事会や保護者や教職員になんの相談もなしに決めたのがまずい、というわけだ」

「だけどあの役はぼくがほしいって言ったんだよ」ぼくはまたさけび、言葉を区切りながらゆっくり言った。「ぼくが、自分の意志で、オーディションを受けたんだ！」

おじさんもおばさんも黙《だま》っている。

「先生はどうなるの？」ぼくは聞いた。心臓がどきどきしている。

「わからない」おじさんが言った。「PTAの中には、解雇《かいこ》すべきだという声があるらしい。だが、校長先生はそんなことはなにも言っていない」

「演劇を中止にすることはできないの？」ぼくはあわてて聞いた。

「それは無理だろう。だが、先生がこれまでに指導した公演をきちんと査定して評価してもらう、という手はあるかもしれないな。これからどうなるのかわたしにもわからない」おじさんはいったん口を閉じて、また続けた。

「先生が生徒の力になろうと誠心誠意がんばっているのに、それを妨害《ぼうがい》するなんて、だれであろうとやっちゃいけないことなんだ」おじさんはそう言って、おばさんのほうを見た。

おばさんは立ちあがり、おじさんをにらみつけてから、リビングを出ていった。玄関《げんかん》のドアが閉まる音がした。

おじさんは一瞬《いっしゅん》身をすくめたけど、なにも言わなかった。ぼくはろうかに出て、部屋にもどろうとした。「グレイソン」おじさんがうしろから声をかけてくる。けど、ぼくは歩きつづけた。おじさんの視線を受けるのがつらい。部屋に入ると、ドアを勢いよく閉めた。

月曜日、フィン先生は、なにもなかったようにふるまっていた。どういうことなんだろう。一時間目も二時間目も、『アラバマ物語』についての討論。先生は各チームの決めた討論テーマを黒板に書きだした。ぼくは無言で先生に訴《うった》えつづけた。〝ぼくを見て！〟なのに先生は気づいてくれない。

ゴールドのラメ入りペンのおしりのふたを取って、中に入っている細長いインクの棒を取り出した。部品を全部机に並べてから、ぼんやりしたままペンを組みたてなおした。さっと教室を見まわした。ライアンはなにやら妄想《もうそう》中。セバスチャンが片手を上げてふっている。先生は板書を終えるとふりかえった。「セバスチャン、なんだ？」と言って、あごの不精ひげをなでた。

「グループを変わりたいんですけど」

「なにか理由があるのか？」

「討論のテーマについて、意見が合わないんです」

先生は厳しい目でセバスチャンを見ていたけど、しばらくして、表情をやわらげた。

「ぼくの信条のひとつに」教室を見まわしながら言う。

「他人の立場になって考えると、人として成長できる、というのがある。ほかの人の視点でものごとを見るようにする、大切なことだよ」そしてうなずいた。自分が口にした言葉について、あらためて考えてみるような表情だった。けどセバスチャンは黙《だま》ってため息をつき、ほおづえをついて外をながめはじめた。

※（P232）ボイセンベリー：ラズベリーやマルベリーに似た赤紫《むらさき》色の実で、ジャムやソースに加工する。

31

一週間がやけに長く感じられる。人文学の時間も、稽古《けいこ》のときも、フィン先生に「話がある」とわきに呼ばれるのを期待していた。こうなったのはグレイソンのせいじゃないよ、と言って、なにが起きているのかを説明してくれたらいいのに。けど、先生はいつも、問題なんかなにもないかのようにふるまっている。まるで、ぼくのせいで先生がクビになる、という学校中のうわさなんか、最初から存在しないみたいに。

土曜日に衣装合わせがあるのはありがたい。少なくともサリーおばさんのそばにいなくてすむ。エヴァンおじさんは休日出勤をめったにしないけど、たまには休日出勤しようと喜んで言ってくれた。十二時半にぼくを学校に送って、帰りは電話をしたらむかえに来てくれるそうだ。

土曜日の学校は、ろうかが静かで暗かった。講堂の入り口で足を止め、ドアに寄りかかった。中は大騒《さわ》ぎだった。フィン先生とランデン先生が、あちこち飛びまわっている。どの衣装もまだ作りかけのまま、客席のいすに広げてある。何人かの保護者が、ステージ前の長テーブルに並べてセットされたミシンの前に座っている。ミーガンのお母さんが通路にいて、アンドルーの肩《かた》に分厚いベルベットをかけ、縫《ぬ》いよせている。ぼくは大きく息を吸って、中に入った。ミーガンのお母さんとアンドルーが、通りかかったぼくを見てにっこりしてくれた。

ペイジがステージから飛びおりて、通路の途中《とちゅう》までむかえでてくれた。

「グレイソン、来たわね！　うちのお母さんに紹介《しょうかい》するわ」

「うれしいな」ぼくが言うと、ペイジはぼくを連れてステージに上がった。「ぼくの衣装も、もうできたのかな？」

「たぶんね。うちのお母さん、お裁縫《さいほう》が好きなの。変わってるでしょ」

ペイジの顔をちょっと老けさせた感じの女性が、ステージの真ん中で、ピンクのサテンの大きな生地を広げている。ぼくはペイジのはいている光沢《こうたく》のあるターコイズブルーのレギンスと、ゴールドのスカーフと、カラフルなスカートから、お母さんの服装に視線を移した。茶色のコーデュロイパンツ、緑色のセーター、黒縁眼鏡《ぶちめがね》。くちびるには、まち針をはさんでいる。そのまち針を指に持ったところに、ペイジとぼくは近づいていった。

「お母さん、この子がグレイソンよ」ペイジが言った。

「こんにちは、フランシスさん」ぼくはあいさつした。

「グレイソン、そんなの堅苦《かたくる》しいわ」まぶしい笑顔が返ってきた。「あなたのことはいろいろ聞いて、初対面とは思えないわ。マーラと呼んでちょうだい」

ぼくはペイジを見た。

「あなたの衣装を作るの、とっても楽しかったわよ」

「ほんとうに?」ぼくは笑顔を返した。

「もちろんよ。すごく楽しかったわ」マーラはうなずいた。髪《かみ》の内側が湿《しめ》っていて、シャンプーの香《かお》りが漂《ただよ》ってくる。床《ゆか》には衣装のリストが置いてあった。マーラはそれを手に取って確認すると、またぼくのほうを見た。

「ペルセポネの衣装は、あとは最後の丈《たけ》合わせをするだけね」

「すごい! ぼく、なにかやることはありますか?」

「なにもないわ。フィン先生から、しばらく前の採寸データを送ってもらったの。でもせっかくだから、採寸をやりなおしましょうか。一か月でサイズが変わっているかもしれないし。すぐにすむわ。上着をぬいで」

言われたとおりにして、ぬいだ上着をカーテンの裏に置いた。ペイジはお母さんの足元に座った。ぼくはペイジのシルバーの靴《くつ》から、お母さんのスウェードのローファーに視線を移した。「オーケー」と言って、マーラは紙でできたメジャーをポケットから出した。

「さあ、どうかしらね」まずは足の長さ。腰《こし》骨から足首までを測る。マーラは床に置いた紙に目をこらした。「すごい!」と言ってにこにこする。「前の数字より一センチ以上のびているわ。一か月しかたってないのに！」もう一度同じところを測って、床のデータを見る。

「まちがいないわ。のびざかりなのね！」

マーラはぼくのスウェットパーカーのすそをそっと持ちあげて、ウエストを測った。ぼくは目を閉じた。胸がどきどきして、苦しいくらいだ。輪ゴムがどんどん引っぱられて、切れそうになっている感じに似ている。

「オーケー。腕《うで》回りと胸囲を測るから、パーカーをぬいでくれる？」

ぼくは目を開けた。自分の姿がマーラの眼鏡《めがね》に映っている。その姿を見ながら、髪を耳にかけた。やるしかない。ぬぐのはいやだ、なんて言うわけにはいかない。眼鏡に映ったぼくの手が、ファスナーの金具をつかむ。

反対側のレンズに目を移す。スパンコールのハートがあらわれた。パーカーを足元に落とす。

眼鏡のレンズと、そこに映ったハートの奥《おく》で、マーラの褐色《かっしょく》の目がゆっくり閉じ、また開いた。一回。二回。それからマーラは自分のあごに手を持っていった。ぼくは、ペイジが鳥のチャームをさわってくれたのを思い出しながら、マーラの目を見つめつづけた。マーラはメジャーの先をぼくの肩《かた》に当てて、手首の骨までの長さを測った。視線を落とすと、ペイジがぼくを見ていないのがわかった。ペイジはお母さんを見ている。

「反対の腕《うで》も測るわね。左右で長さがちがうこともあるから」とマーラが言う。右腕を測って、「まったく同じね」と言った。「じゃ、両腕を軽く上げて。胸囲を測るわ」ぼくの胸にメジャーを巻きつける。スパンコールのハートがきつくおさえつけられた。

フィン先生がステージに上がってきた。ぼくは先生の顔を見て、前はよかったなとしみじみ思った。十二月、このステージで先生の前に立ち、ペルセポネの役でオーディションを受けてもいいかと聞いた日のことが思い出される。はじめて脚本《きゃくほん》を手にしたぼくを包んでいたワイン色のカーテンと、暖かくて濃密《のうみつ》な空気。ステージの上で女の子用のTシャツを着たぼくは、先生の目にはどんなふうに見えているんだろう。先生の背後に目をやって、だれかに見られていないか確かめた。みんな、それぞれほかのことに夢中になっている。

フィン先生は、ぼくたちのところにやってきた。先生の目がぼくのTシャツをとらえる。それから先生は、ぼくの前にしばらく立っていた。何週間ぶりだろう。ぼくは先生の顔を見た。うれしそうな表情をしている。

ぼくは息を止めていたことに気がついて、ゆっくり、静かに、呼吸をはじめた。

先生はマーラのほうを見た。

「順調ですか？　なにからなにまでご協力ありがとうございます。サマンサもお礼を言っていました」

「わたし、こういうことが好きなんです。娘《むすめ》にもよく、ミシン中毒じゃないのって言われるくらいで」マーラは笑った。「だから、わたしも楽しいんですよ」

「ありがとうございます。ほんとうに大助かりですよ」

「どういたしまして」

マーラが答えると、フィン先生はステージから下りていった。階段を下りきったところでふりかえり、ぼくのシャツと顔をもう一度見る。ほほえんで、はなれていった。

採寸が終わった。ぼくはぬいだスウェットパーカーを見た。だれもぼくを見ていないし、みんな、ぼくがこのシャツを着ていることに気づいていなさそうだ。ペイジは気づいているけど、なんとも思っていないようだ。先生がもどってきた。ナタリーを探しているそうだ。

ナタリーの名前は、マーラのリストではぼくの名前のすぐ下にある。ぼくはどうしていいかわからず、またパーカーを着た。けどファスナーは閉めず、腕《うで》組みをして前がはだけないようにした。

ナタリーがステージに上がってきた。ぼくは鳥のチャームを外に出して、ペイジの横に座った。「Tシャツ、かわいいわね」ペイジはそう言って、ぼくを小づいてきた。

ぼくはペイジを見た。服もスカーフも、学校のどの子ともちがう個性的なものだ。

「うん、ありがとう」

「みんなとちがうものを着るって、素敵なことよね」

ぼくは自分の足元を見た。そういうことじゃないんだけど、と言いたいのに、どう説明したらいいかわからない。とにかく笑顔を返した。ぼくたちはそこに並んで座り、ナタリーのラベンダー色のドレスに巻く金色のベルトの長さをマーラが調節するのを見守った。時刻は一時ちょっと過ぎ。エヴァンおじさんに電話して、もう終わったからむかえに来て、と言おうか。いや、あとにしよう。ペイジとふたりで、マーラのまわりの布や糸くずを掃除《そうじ》した。

それが終わると、ペイジはぼくの髪《かみ》を編んでくれた。編みながら、リアムの話ばかりしている。科学の時間、ペアを組もうと誘《さそ》ってきたそうだ。ぼくはペイジの顔やしぐさをじっと見ていた。ペイジはシルバーの指輪をたくさんつけている。〈セカンドハンド〉にあった三つ編みみたいな指輪を思い出した。あれはまだあそこにあるだろうか。

マーラの作業が終わると、残った布地をまとめてビニール袋《ぶくろ》にしまうのを手伝った。

「グレイソン、帰りの足はあるの？」マーラが言った。

「だいじょうぶです。終わったら電話すれば、おじがむかえに来てくれることになってます。今日は休日出勤してて」

「うちの車に乗っていきなさいよ」マーラが言う。「おじさんに電話して、送ってもらうからだいじょうぶって言えば？　帰りになにか食べに行きましょ。わたし、おなかがぺこぺこ。

あなたたちもそうでしょう？」

「うん、ぺこぺこ！」とペイジが答えた。ぼくはペイジからマーラに視線を移すと、肩《かた》をすくめてほほえんだ。

「決まりね！」マーラはすごくうれしそうだった。「ペイジーに聞いたけど、おうちはダウンタウンなのよね？」

〝ペイジ〟ではなく〝ペイジー〟。きらきらのTシャツとオムツ姿の幼い女の子のイメージだ。思わず笑みがうかぶ。

「はい、ランドルフです。湖のそばの」

「どこに行こうかしら。ペイジー、去年の夏、ウィルソンさんたちと行ったスシのお店を覚えてる？　あそこ、ランドルフの近くだったわよね」

「午後三時にスシ？」

ペイジはぼくを見て、冗談《じょうだん》でしょという顔をしたけど、マーラは黙《だま》ってにこにこしている。ぼくはお母さんの顔を思い出した。ナイトスタンドの写真を今日見たら、どんなふうに見えるだろう。想像しようとしたけど、できなかった。急に、両親の自動車事故が百万年も昔のことのように思えてきた。それがいいことなのか悪いことなのか、よくわからない。

「いいじゃない」マーラが言う。「いいお店だったもの。あら、わたしの携帯《けいたい》は？　お店の番号を調べなきゃ」ハンドバッグの中をさぐりながら、ぼくに言った。「グレイソン、おじさんに電話するなら、これを使う?」

「いえ、ぼくも持ってます」

「そう」

「お母さん、行く前にトイレに行ってくるわね。グレイソンも行かない?」ペイジはぼくの手を引っぱった。

「うん、行こう、ペイジー」

「言ったわね」ペイジは、にやっと笑った。ぼくはパーカーの前が開かないように手でおさえながら、ペイジといっしょに講堂を出た。ろうかにはだれもいないし、物音ひとつしない。ぼくは講堂から出てすぐに足を止めた。女子トイレはろうかをはさんで、その向かい側にある。「すぐ出てくるから!」ペイジは顔だけふりかえってそう言うと、ドアの中に入っていった。明るい緑色のドアがゆっくり閉まって、カチリと音を立てた。

ぼくはそこにつったっていた。動けない。

ドアにはスカートをはいた女の子の形をした、シンプルなマークが描《か》いてある。ぼくもそのドアを押《お》して、入っていきたい。ペイジと並んで鏡の前に立ち、手を洗ったり、リアムって素敵よねとか言ったり、ヘアブラシを貸してもらったりしたい。息ができない。胸が苦しい。急に不安になった。いままでずっと、かなわぬ願いを持ちつづけてきたせいで、とうとう心臓が破裂《はれつ》してしまうんじゃないか。ぼくの体は無数の小さな破片になって、どこかに消えてしまうんじゃないか。今度こそ、永遠に。

あたりを見まわした。ろうかは相変わらず無人だ。ぼくは明るい緑色のドアに近づいた。ドアは金属なので、ふれると冷たい。自分の願いにこんなに近づいたけど、開けることまではできなかった。ペイジでさえ、ぼくが女子トイレに入っていくのを見たら、ぼくを変態だと思うだろう。ぼくはパーカーのファスナーを閉め、男子トイレに向かった。女子トイレのドアのひんやりした感覚を、いつまでも指にとどめておきたい。なるべくゆっくり呼吸して、どきどきしている心臓を落ちつかせようとした。息を吸って、はく。そのことに意識を集中させた。トイレに入って手を洗い、目をこすってから、顔に水を浴びせかけた。よごれた鏡に、ぼくの赤くなったほおが映っている。ペーパータオルで顔をふき、トイレから出る。ペイジとマーラが待っていた。

車に乗ると、エヴァンおじさんに携帯《けいたい》からメールして、予定が変わったことを連絡《れんらく》した。雲が低くたれこめた灰色の空を見ていると、なんだか落ちつかない気持ちになってきた。灰色の雲の中に、円形の明るい部分がぼんやり見える。太陽が地上を照らそうとがんばっているのに、雲にはばまれて、どうすることもできずにいる。

スシのお店は、ぼくたちの貸しきり状態だった。窓ぎわのテーブルに案内されると、ぼくはひざまで届く白いテーブルクロスのすそをもてあそんだ。マーラがエダマメを注文した。店員がもどっていく。

「フィン先生のことだけど」ぼくはとうとつに口を開いた。言葉が勝手に口から出てきた。「先生がクビになるのはぼくのせいだって、みんなが話してる。先生はもう、ぼくに話しかけてくれなくなった」気にしていたことを口にすることができて、気持ちが落ちついた。ペイジがお母さんを見る。マーラは割り箸《ばし》を割ると、それをじっと見ていた。

「グレイソン」だいぶたってから、マーラが言った。「学校の政治的なことには、わたしはいつも関わらないようにしているの。けど、今回のことは別。なにがちがうのか、ペイジーとふたりでずいぶん話しあったわ」

ぼくはペイジの顔を見た。マーラが続ける。

「あなたに女の子の役を与《あた》えたフィン先生を解雇《かいこ》すべきだ、そう主張する保護者がいるのはわかっているわ」いったん口をつぐんだ。続きをどう話すか考えているようだ。店員がテーブルの中央にエダマメを置いていった。マーラは店員にお礼を言ってから、さっきの続きを話しはじめた。

「人は、ときどき重大な選択《せんたく》をする。そこには、リスクが含《ふく》まれることもあるわ。わたしはフィン先生の決定を支持するし、それはほんとうに崇高《すうこう》ですばらしいものだと思う。ペイジも同じ意見よ。このことは、ふたりでずいぶん話しあったの。けど、先生がグレイソンに話しかけなくなったというのは……」マーラはぼくの顔を注意深く見つめた。「ほんとうにそうなの？　ただほかのことに気を取られているとか、考えごとをしているだけなのかもしれないわよ」

マーラの言葉を聞いていると、気持ちがだいぶ楽になった。ただ、最後の部分はちがう。ぼくの思いすごしなんかじゃない。けど、そのことをこれ以上話してもしかたがないので、ぼくは黙《だま》って肩《かた》をすくめた。マーラは窓の外を見て、軽く眉《まゆ》をひそめた。「あら。やっと太陽が出てきたわね！」ぼくたちに視線をもどして、にっこりした。「さあ、たくさんたのんで、みんなでシェアして食べましょう！」

「うん」ぼくは答えた。メニューを見ているマーラの顔が髪《かみ》に半分隠《かく》れている。ぼくはそれを見ながら、またお母さんのことを思った。お母さんがここにいたら、どんな感じだったのだろう。お母さんのことはほとんど記憶《きおく》にないのに、どうしてこんなに恋《こい》しく思うんだろう。

正面に座ったペイジがエダマメを食べようとして、失敗した。豆がさやから飛びでて、ぼくの水のグラスにぽちゃんと落ちる。ぼくは笑い声を上げた。

車が家の前に着くと、ぼくはマーラにスシと車のお礼を言った。言いたいことは、もっとあったけど、気持ちを言葉にすることができない。ペイジに目をやった。ペイジは助手席に移って、金色のしなやかなスカーフを首に巻きなおしたところだった。

「じゃ、月曜日に」ぼくはペイジに言った。

「そうね」

「グレイソン」マーラが言った。

「ひとつだけ言わせて——なにかあったら、いつでもうちをたよってね。ほんとうにいつでもいいから」

「お母さん!」ペイジがあきれたように言う。「やめてよ、そんな芝居《しばい》がかったせりふ!」けど、顔は笑っていた。

「ごめんごめん。そうよね。でもどうしても言いたくて」マーラは車から降りたぼくをもう一度見た。「ほんとうにそう思っているのよ。グレイソン、忘れないでね」

「ありがとう」ぼくもほんとうにうれしかった。

32

公演まであと三日。月曜日の放課後、ペイジとぼくが講堂に入ったとき、裏方の生徒の一部やその母親、フィン先生とランデン先生はもう来ていた。フィン先生が稽古《けいこ》に遅《おく》れなかったのは、これがはじめてだ。フィン先生とランデン先生は並んで立っている。そのすぐそばに、科学の実験道具を運ぶカートがあって、衣装が山積みになっている。ぼくは自分の衣装を目で探した。あった。マーラが縫《ぬ》ってくれた金色のドレスだ。

ペイジとぼくはステージにかけあがった。フィン先生がこっちを見て、ランデン先生になにか言ってから、近づいてきた。ぼくの前で立ち止まる。ぼくはかすかな笑顔を向けた。今度は、先生は目をそらさなかった。

「グレイソン、ちょっといいかな」ぼくはなにも言えず、うなずいた。先生に手招きされて、ステージから飛びおりる。まわりのなにもかもが、ぼやけて見えた。講堂のわきのほうまで行った。先生の目の下に、また黒いくまができている。ぼくは急にいたたまれなくなった。ぼくのせいで、先生はこんなに苦しんでいる。

「グレイソン」先生はそう言って、あたりをさっと見まわした。「手短に話すよ。というのも、だいぶ前に、校長先生に約束させられたんだ。きみと一対一では話さないと」

「え？」

「それについても、くわしく話すわけにはいかない。ただ、校長先生とそういう約束をしたということだけ、わかってくれ。今年の演劇を最後までやりとげたかったからね」先生はまた、あたりのようすをうかがった。「これでもしゃべりすぎかもしれない」

ぼくはフィン先生の目を見た。先生は手の中で転がしていたペーパークリップに視線を落とした。先生がぼくにずっと声をかけてくれなかったのは、そういうわけだったのか。心臓がどきどきして、のどのところまでせりあがってきている。とつぜん、ライアンの言葉が耳によみがえった。〝グレイソンちゃん、先生にいいことされちゃったのか？〟なにかをぶちこわしてやりたい。大声でさけびたい。

「すまなかった、グレイソン。ただ、これだけはわかっていてほしい。きみがペルセポネのオーディションを受けるのを許したときは、こんなことになるなんて思ってもいなかったんだ」

「わかってます。もちろんわかっています」

先生はほっとしたようだ。「きみが同意してくれるなら、今日、キャストのみんなに、ぼくのこれからのことを率直に話したいと思っている。いろんなうわさや疑問が飛びかっているし、みんなにも知る権利があるからね」といって、ぼくの顔を見た。

「うわさはきみも聞いているだろう。みんなに話すとき、きみのことにはいっさいふれないつもりだ。話すのは、ぼく自身のことだけ。きみにもいろんな迷惑《めいわく》がかかるのは、重々承知しているんだ」

なにも言えず、黙《だま》ってうなずいた。ステージに目をやると、全員が集まってこっちを見ていた。講堂全体がしんとしている。ぼくは、ずっと知りたかった真実を知った。いまは裁判を待っているような気分だ。もうすぐ陪審員《ばいしんいん》の表決が言いわたされる。

「みんなのところに行きなさい」フィン先生は講堂の入り口を見た。校長先生が入ってくる。でも、ぼくを無理やり追いはらおうとはしなかった。もう一度、ぼくにゆっくり向きなおった。あえてゆっくりそうしたのかもしれない。「すまなかった、グレイソン」

「それはちがいます。ぼくのせいで――」ぼくは言いかけたけど、フィン先生にさえぎられた。

「ちがう」先生はぼくに人さし指を向けた。「きみが責任を感じることはなにひとつない。それは忘れないでくれ。さあ、ステージに行きなさい」ぼくはみんなのところにもどった。もどりたくなかったけど、ほかにどうしていいかわからなかった。ステージに飛びあがってペイジのとなりに行く元気はなかったので、ステージの前面にあるキャビネットにもたれかかり、そのままずるずる床《ゆか》まで腰《こし》を落とした。

さっきからみんなは静かなのに、フィン先生はみんなに注目をうながした。心臓のどきどきが止まらない。顔を上げると、先生はぼくのすぐ前に立っていた。

「キャストも裏方も、聞いてくれ。いよいよ公演をむかえる。稽古《けいこ》は今週で終わりだ。みんな、よくがんばった。きっとすばらしい公演になると思う。今日は全員が衣装をつけて稽古をしよう。裏方のみんなにも集まってもらった。みんな、大きな拍手《はくしゅ》を。大道具や小道具を準備したり、幕や照明を操作したり、場面を転換《てんかん》したり。彼《かれ》らがいなければ、舞台《ぶたい》は成りたたない」全員が拍手した。ぼくはその気力も失っていた。ここから見ると、フィン先生は巨《きょ》人《じん》みたいに大きい。はいている茶色の革靴《ぐつ》が気になった。靴底が、だいぶすりへっている。

ちょっと間《ま》を置いて、先生は続けた。「持ち場につく前に、みんなに話しておきたいことがもうひとつある」先生はみんなを見てから、一瞬《いっしゅん》ぼくの顔を見おろした。ぼくは息をつめて、先生の足を見つめた。

「しばらく前から飛びかっているうわさのことを気にしている人も多いと思う。うわさというのは、ほんとうにたちが悪い。きみたちは真実を知る権利があると思う」

空気がはりつめる。ぼくは、最前列に座っている校長先生を見た。校長先生は両手の指先をそれぞれ合わせて、フィン先生の頭をうしろから見ている。ぼくはまたフィン先生の足に目を向けた。

「決意したことがある。ぼくはもうすぐ、この街をはなれる」

ぼくは急に、暗いトンネルに迷いこんだような気がした。フィン先生は巨大《きょだい》な掃除《そうじ》機に足元から吸いこまれ、遠くに飛ばされてしまった。せまくて暗いトンネルが、ぼくとの間を隔《へだ》てている。

先生の話が続く。ぼくは目をつぶって聞いた。「ここポーター中学校で教えはじめて十年近くになる。最近になって、ニューヨークの〈セントラル〉という小さな劇場から誘《さそ》いを受けるようになった。長い伝統があって、とても有名な劇場なんだ。現職の助監督《かんとく》の退団が決まったので、ぼくがその後任を務める。劇場もすばらしいし、仕事もすばらしい。このチャンスをのがすわけにはいかない。だから、『ペルセポネの物語』は、ポーター中学校でのぼくの最後の作品ということになる。きみたちといっしょに取りくめたことを、誇《ほこ》らしく思っているよ」

ぼくは横を向いた。目の前からトンネルが消えて、ぼくひとりが床にぽつんと残された。

〝ぼくはどうなるの？〟さけびたかった。

ほんの一瞬、フィン先生はもう一度ぼくを見た。ステージのみんなは、ぴくりとも動けずにいるようだ。その場にのり付けされてしまったみたいに。

「以上。では、みんな持ち場について。ドレスリハーサルをはじめよう。全力をつくしてくれ」しんとした講堂に先生の声がひびいた。

ぼくは先生の目の前に立った。うしろのみんなが固唾《かたず》をのんでいるのがわかる。そこに少しずつ雑音が生まれていった。だれかが、ラジオのボリュームを上げていくような感じだ。ひそひそ声がしたと思ったら、大声がひびいた。みんなが自分の衣装を探しはじめたらしい。

「グレイソン」そう言うとフィン先生は一歩前に出て、ぼくに近づいた。

「ぼくがいなくても、きみならだいじょうぶ。これをやりとげられるはずだ」ちょっと間《ま》を置いて、付けたした。「これだけじゃない。いろんなことに立ちむかえるだろう」

ぼくはうなずいて、バックステージに行った。だれとも目を合わせない。ランデン先生が、第一幕用の金色のドレスを着るのを手伝ってくれた。この役のせいでフィン先生がいなくなるんだとわかっていても、サリーおばさんがぼくのことをモンスターだと思っていても、床《ゆか》から天井《てんじょう》まである大きな鏡に映った自分を見ると、これこそほんとうの自分だ、と思うことができた。

中身と外見がようやく一致《いっち》した。みんなもきっと、そのうちわかってくれる。

33

生まれてからずっと、この日のために生きてきたんじゃないか、そんなふうに思える。絵筆で描《えが》かれた背景、透明《とうめい》な光、そして暗黒の闇《やみ》が、ぼくを包む。今夜、ぼくは大勢の観客の前で女の子になる。ぼくのほんとうの姿になるのだ。そのせいで、フィン先生はポーター中学校を追われることになった。これも白と黒、光と闇ということか。ぼくはすべての中間、灰色《グレー》のゾーンにいる。

四時間目が終わると、校舎の柱が作る光と影《かげ》の中を歩いて、図書室に向かった。バックパックにはランチが入っているけど、食べられるだろうか。明日提出の科学の宿題がある。ほとんどできているけど、いまは宿題なんかに集中できそうにない。バックパックには脚本《きゃくほん》も入っている。それを考えると笑みがうかんだ。脚本はもうくしゃくしゃですりきれているし、表紙は破れてテープで補修してある。

「グレイソンちゃん!」

どうしてふりむいたんだろう。目の前に、ろうかの窓から差してくる日差しが、ななめの筋を作っていた。タイルの床に白い長方形がうきあがっている。その長方形の横に、ライアンとタイラーがいた。そして、ちょっとはなれたところには、ジャックの姿もあった。

自分の体から抜《ぬ》けだして、どこかに行ってしまいたい。また鳥になって天井《てんじょう》に舞《ま》いあがりたい。なのに、床《ゆか》から動くことができない。目はジャックに釘《くぎ》付けになっている。頭にうかぶのは、ジャックと交わした秘密のノック。トン、トン、ドン、ドン、ドン……。ライアンがしゃべりはじめた。ぼくは視線をジャックからライアンに動かした。

「グレイソンちゃん、また無視かよ」

「別に」それしか答えられなかった。

「またおれたちを追いはらうつもりか？　なんで呼びかけられても答えないんだよ？」

ぼくは肩《かた》をすくめた。

今度はタイラーの声がひびいた。「今日はやけにきれいだな。どこかにお出かけか？」

「図書室だよ」

闇《やみ》、光、闇、光、闇、光。

「ランチルームでいっしょに食べようぜ。みんな、おまえを待ってるんだ」

タイラーとライアンがすぐそばまで来た。ジャックは動かない。タイラーがジャックをにらみつけると、ジャックは、一歩うしろに下がった。タイラーの手がぼくの腕《うで》をつかむ。ライアンがにやりと笑う。

「ごめん」ジャックが急に謝った。ぎこちないしぐさで、こっちに手をのばしてくる。

ジャックはだれに謝っているんだろう。

グランドキャニオンで、ジャックがぼくを助けてくれたときの記憶《きおく》がよみがえる。ジャックの手の感触《かんしょく》も。野球の練習のせいで、たこがたくさんできていた。

心臓の音が体の外から聞こえてくる。

ぼくは三人をふりはらい、だれもいないろうかをかけだした。つきあたりは階段だ。脈拍《みゃくはく》に足音が加わって、何百万発もの銃声《じゅうせい》に追いたてられているようだった。

階段の上でふりかえった。タイラーとライアンがすぐうしろにいる。ジャックの背中が遠くに消えていく。だれかの手にバックパックをつかまれた。うしろに引っぱられ、今度は前に押《お》される。ぼくは足を踏《ふ》んばった。今度は髪《かみ》をつかまれた。バックパックが前後にゆれて、階段を転げおちていった。足をけられ、背中を押される。手すりをつかもうとしたけど、手が届かない。あとは落ちていくだけだった。

まず額を打った。それから手首に激痛が走った。そしてひざ。ぐるぐる回転していた景色がやっと落ちついて、最後は天井が見えた。

階段にはなんの動きも見えない。頭を横に向けると、ランチルームの開けっぱなしのドアが見えた。最初に感じたのは、信じられないほどの騒音《そうおん》だった。やがて、あわただしい足音が床を伝ってきた。ぼくのほうに向かってくる。ぼくは起きあがらなかった。起きあがりたくなかった。

とつぜん、目の前にセバスチャンの顔が現れた。そして校長先生の顔。

「だから急いでって言ったのに」セバスチャンがつぶやく。

「知らせてくれてありがとう、セバスチャン」校長先生がため息をついた。

さらに足音がひびく。ハイヒールの音もする。

保健室のナンス先生が、ぼくのそばにひざをついた。そのうしろに、たくさんの顔が見える。みんな、身を乗りだして、先生の肩《かた》ごしにぼくを見ようとしている。

「みんな、ランチルームにもどりなさい！」校長先生がどなった。

たつまきが通りすぎたみたいに、野次馬がすっかり姿を消した。ぼくはまばたきをした。

左の手首に焼けるような痛みを感じる。

ナンス先生が、ぼくの額になにかを当てた。額からはずすと、それは赤いペンキで染めたようになっていた。

校長先生も、ぼくのそばにしゃがみこんだ。「だれにやられた？」興奮した口調《くちょう》だった。

「さっきから言っているじゃないか。ライアンだよ」うしろのほうからだれかの声がした。

校長先生の後頭部が見えた。「セバスチャン、ランチルームにもどれと言っただろう」

痛みが増してきた。骨に火がついているみたいだ。

ナンス先生がぼくを抱《だ》きおこそうとしていた。「校長先生、そんなことより、グレイソンを保健室に連れていかないと。質問はあとにしてください」

立ちあがると目まいがした。ナンス先生が背中を支えてくれる。横にたらした左手には力が入らない。ただただ焼けるように痛かった。

保健室に入ると、ベッドに横になった。天井《てんじょう》のタイルに黒い小さな穴が開いているのが見える。ナンス先生が、となりの部屋からうちに電話をかけている。

「センダーさん、ほんとうに申し訳ありません。いまは保健室で休んでいます。はい、もちろん。それは校長先生が調べています。ええ、かなり腫《は》れていますね。はい、くわしく検査する必要があります。わかりました。では保健室にいらしてください」

目を閉じると、天井の明かりがまぶたにぼんやり映る。ステージのスポットライトみたいだ。ぼくははっとして、けがをしていないほうの手をベッドにつき、体を起こした。

「ナンス先生」

先生が戸口から頭をのぞかせた。「どうしたの。寝《ね》てなきゃだめよ。とにかく楽にして」

「今夜、公演なんです」闇《やみ》が押《お》しよせてくる。

「ええ、わかっているわ」

あきらめたくない。「ぼく、出ます」

「お願い、横になって。演劇のことはあとで考えましょう」

目まいがするので、言われたとおりにするしかなかった。

やがて、サリーおばさんの声が聞こえた。ナンス先生はどうして、エヴァンおじさんを呼んでくれなかったんだろう。おばさんが部屋に入ってきたとき、ぼくは顔を反対に向けた。

「グレイソン」おばさんがベッドにかけよって、ぼくの上に身を乗りだしてきた。ぼくは窓から目を動かさなかった。おばさんはベッドの反対側に回り、ぼくの顔に顔を近づけてきた。

「グレイソン、だいじょうぶなの？」おばさんの目の縁《ふち》が赤い。「こういうことが起こるんじゃないかと思っていたのよ」

「センダーさん」

「ナンス先生、なんでしょう」

「グレイソンは大変な思いをしたばかりで……」

「もちろん、わかっています」おばさんはぼくに向きなおった。「おじさんが救急病院で待っているわ。ひとりで立てる？」

立てる。おばさんのあとを歩きはじめた。ナンス先生が無事なほうの手をにぎってくれた。

エヴァンおじさんが救急病院の前で待っていた。外の空気は、じとっとしていた。屋根の雪が溶《と》けて、水がぽたぽた落ちてくる。歩道にも、雪解けのにごった水が川をつくっている。サリーおばさんが車をとめている間に、エヴァンおじさんとふたりで病院に入った。なんだかふらふらするので、待合室のいすに座った。おじさんが、受付に話をしに行く。まわりで起こっていることをなにも見たくない。青と白のタイルをしきつめた床《ゆか》をじっと見ていた。消毒用アルコールのにおいがする。まわりでばたばたと人が動きだした。

レントゲンを撮《と》るのに、なんでこんなに待たされるんだろう。ぼくはおじさんとおばさんの間に座って、ひたすら待った。

「ぼく、公演に出る」一度だけ、宣言した。けどおじさんは、いまは体を休めることだけを考えろ、と言った。

「今夜のことは、これから考えよう」

レントゲン室には看護師がひとりいるだけだった。ウーンと音を立てる巨大《きょだい》な金属の機械が一台。ぼくは傷めた手首に目をやった。ピンク色になって、すごく腫《は》れている。目をそらして、壁《かべ》にかけられたコマドリの絵を見た。

また別の部屋で待たされた。ベッドのまわりを白いカーテンが囲んでいる。横になったぼくのそばで、青いいすに座ったおじさんとおばさんが小声で話している。やがて、甲高《かんだか》い金属音が聞こえたと思ったら、ようやくお医者さんがやってきて、カーテンを開けた。

「グレイソンね？」医師は手にしたクリップボードに目をやった。

「はい」サリーおばさんが代わりに答えた。

「こんにちは。医師のミッチェルと申します」医師はそう言ってサリーおばさんと握手《あくしゅ》した。続いてエヴァンおじさんとも握手する。

「サリー・センダー、エヴァン・センダーです」おばさんが答える。「骨、折れているんですか？」

「折れてはいませんが、ひびが入っていますね」医師はレントゲン写真を封筒《ふうとう》から出して、壁《かべ》の四角いライトの上に固定した。スイッチが入ったとき、ぼくは目をそらした。

「亀裂《きれつ》骨折と呼んでいます。ほら、ここに亀裂が見えます。けが自体はそれほど深刻なものではありませんが、ギプスをつける必要があります。二か月くらい」

「そんな」おばさんが声をもらす。

「これくらいで済んでよかったと思ってくださいね。いったいなにがあったんですか？」

医師はぼくを見た。「学校の階段を転げおちたと聞いたけど？」

ぼくはうなずいた。

医師はぼくの表情をじっと見ている。だれもなにも言わない。「いいでしょう。じゃ、看護師のアリソンにギプスの用意をさせます。すぐにもどりますね」そう言って、医師は病室から出ていった。

ぼくはおじさんとおばさんを見た。「痛むのか？」おじさんが言った。

そのとき、またカーテンが開いて、ブロンドのショートヘアの看護師が入ってきた。「グレイソンね？」確認して、にっこり笑う。「ギプスを作りに来ましたよ。ギプスは何色がいいかしら？」四歳《さい》児に話すような口調《くちょう》だった。ぼくは黙《だま》って看護師を見つめた。

「何色がいい？　黒や青もあるし――」

「ピンク」

「グレイソン……」サリーおばさんがため息をつく。「そういうことを言っているから、こんな目にあったんじゃないの！　ピンクのギプスなんて、どうして――」

「サリー！」エヴァンおじさんが、それ以上は言うなとばかりに、押《お》しころした声でおばさんを制した。「ちょっとろうかに出よう」アリソンを見る。

「すみませんが、よろしくお願いします。好きな色を選ばせてやってください」カーテンにつけられた金属のリングをカラカラいわせて、ふたりは病室を出ていった。小声で口論しているのが聞こえてくる。ぼくはアリソンの顔を見た。ちょっとだけずれたコンタクトレンズに意識を集中させる。

「じゃ、ピンクでいいのね？　オーケー！」アリソンもぼくを見つめた。

右手を頭の下にやって枕《まくら》代わりにした。おじさんとおばさんの声がさっきより大きくなっている。

「どうしてよ？　こんなことまで起こったっていうのに、グレイソンがピンクのギプスをして学校に行ってもいいっていうの？」

おじさんがなにか言ったけど、聞きとれなかった。しばらくの沈黙《ちんもく》のあと、おじさんが小声で言った。「とにかく、フィン先生に連絡《れんらく》しよう」

「フィン先生？　校長先生でいいじゃない」

「今夜のことも話しあわなきゃならないだろう？　本番なんだから」

アリソンがもどってきた。ミッチェル先生もそのあとすぐに現れて、おじさんとおばさんのほうに目をやってから、ぼくの顔を見た。

「ミッチェル先生」ぼくは言った。

「なに？」先生の褐色《かっしょく》の目はやさしそうだった。

「ぼく、今夜の演劇の主役なんです」

「うーん、そっか」先生は考えこむように言った。おじさんとおばさんは、まだ口論している。おさえているつもりでも、声はかなり大きい。

眠《ねむ》い。けど、闇《やみ》に支配されるのはいやだ。疲《つか》れた兵士はこんな気分になるんだろうか。

「ぼくが出ないとだめなんです」

ミッチェル先生はしばらく黙《だま》っていたけど、ようやく「わかったわ」と言ってくれた。

「おじとおばに、だいじょうぶだと言ってもらえますか?」

「了解《りょうかい》。ただし、劇が終わったらよく休むこと。約束よ」

ぼくはうなずいた。「ありがとう」つぶやいて、目をそらす。医師と看護師がぼくの腕《うで》と手をつかんだ。手首が冷たくなったり熱くなったりする。じっとりぬれたり、からからに乾《かわ》いたりする。しばらくして、できたわよと言われた。視線をおろすと、ぼくのひび割れた手首はピンク色の固いギプスにしっかり守られて、体の横で静かに休んでいた。

34

ペルセポネの物語

プロローグ

暗闇《くらやみ》に、そっとプログラムをめくる音がひびいている。

とつぜんの静寂《せいじゃく》があたりを包むと、スポットライトが舞台《ぶたい》の上の使者を照らす。

黄金の翼《つばさ》をつけた、白いローブ姿の使者が語りはじめる——善き者のこと、悪しき者のこと、勝利をおさめた英雄《えいゆう》のことを。

そして幕がゆっくり上がる。

ステージには光があふれ、観客の目を奪《うば》った。

第一幕

第一場

観客は、うわさの人物グレイソンを見ようと固唾《かたず》をのんでいる。

ステージに歩み出たグレイソンの手首には、ピンク色の大きなギプスがはめられ、金色のドレスが照明を浴びて輝《かがや》きを放っている。

彼《かれ》の姿を見て、客席には笑い声がもれる。

○庭園での華《はな》やかな宴《うたげ》

――ペルセポネはオニユリの花やヤナギにたわむれている。

客席から「だれかあの子を散髪《さんぱつ》に連れていってやれよ」と野次がとぶ。

第二場

バックステージは、まるでサーカスの見せ物のような大騒《さわ》ぎだ。フィン先生が生徒たちに指示を出している。

○ハデスが悪事をたくらむ

――闇《やみ》にスポットライトがうかぶ。ハデスが黒いローブを風になびかせる。

ハデスは光をさらい、闇に閉《と》じこめることはできるのか……。

第三場

観客は、ドレスをまとった少年の優雅《ゆうが》な物腰《ものごし》、美しい顔、鈴《すず》の音のような可憐《かれん》な声に、知らぬ間に魅《み》せられている。

○馬に引かれた銀色の荷車

――輝《かがや》く金色のドレスとともに、ペルセポネはハデスの魔《ま》の手に落ちていってしまう。

観客はみな心でさけんでいる。「危ない、にげて！」

ペルセポネを演じているのが少年だということを、だれもが忘れてしまっている。

第二幕

第一場

――罠《わな》にはまって冥界《めいかい》に落ち、邪悪《じゃあく》な魂《たましい》にとらえられたペルセポネは母を思っている。
母デメテルは涙《なみだ》を流し、その悲しみがすべてを枯《か》らしてしまう。
ヤナギも花も木の葉もすべて、地面に落ちて朽《く》ちていく。

第二場

◯冥界

――冥界のハデスは、邪悪な魂たちに命じ、ペルセポネを守り、見はる。
冥界に永遠に住まわせようともくろんでいる。

観客に希望を与《あた》えるのは、ペルセポネの瞳《ひとみ》に燃える反逆の炎《ほのお》があることだ。見る者すべてが身を乗りだし、善き者が勝つそのときを待っている。

第三場

○黒い木々に囲まれた忘却《ぼうきゃく》の川

――暗い冥界《めいかい》をペルセポネはさまよいつづける。

観客たちはさまざまだ。子ども、母親、父親、兄弟、姉妹、少女、赤毛、男、赤ひげ、白い肌《はだ》、褐色《かっしょく》の肌。遠くからやってきた祖父や祖母もいる。ティッシュを持って、眼鏡《めがね》をはずし、舞台《ぶたい》に魅《み》せられている。

第三幕

第一場

○地上

「わたしたちの心はひとつ、わたしたちは正義を望む」

――赤いケープをまとった崇高《すうこう》なデメテルに、ゼウスが近づき、ペルセポネの救出を誓《ちか》う。

第二場

グレイソンは一度だけ痛みを感じた。腕《うで》のギプスにふれ、あらためてその存在に驚《おどろ》く。

——ベンチで休むペルセポネは、なにげなく果実をもいでしまう、もいではいけない果実を。

第三場
○冥界

——善き者は勝つ。しかし少女ペルセポネは完全には勝てない。

六か月を光の国で暮らし、残りの六か月を闇《やみ》の国で暮らすことになる。

光、闇、光、闇、光——。

やがてステージに光が満ちる。

少女ペルセポネはみなに囲まれる。悪の魂《たましい》、妖精《ようせい》、少年少女たち全員が、兵士のように頑丈《がんじょう》な壁《かべ》を作って彼女をとりかこむ。

――少女は馬車に乗って母の元に帰る。

エピローグ

深紅のカーテンが下がり、ライトが消えた。

真の闇《やみ》の中にスポットライトがふたたびついた。水晶《すいしょう》を通した日差しのような美しい光が、片腕《うで》をつった少女を照らしだす。

痛みにたえた少女は、ステージ横の出口に向かった。湿《しめ》った風にふかれて宙に舞《ま》うような気分で、少女は監督《かんとく》の手を握《にぎ》った。

監督は頭を下げ、少女はひざを曲げて優雅《ゆうが》にあいさつを返した。

35

春休みが終わるまでに、手首のずきずきする痛みはなくなった。でも、ギプスにはまだ慣れない。水色の長そでTシャツを着るときは、右手でそでを引っぱらなきゃいけない。通り沿いに並ぶ木々のこずえを部屋の窓から見おろしながら、ぼくはその場でちょっと足を止め、水色のシャツの下に着たピンクのTシャツのゆがみを直した。ネックレスもつけている。銀色の小鳥が、水色の空の上を飛んでいる。

エヴァンおじさんは、ブレットを小学校の前で降ろし、ジャックとぼくを中学校のロータリーで降ろしてくれた。ぼくたちはいっしょに校舎に入り、ろうかを歩いていった。

ライアンは今日は学校に来ないと、わかっている。休みの間に校長先生がうちに来て、いろいろ説明していった。ぼくは自分の部屋で耳をすませ、ダイニングのテーブルで大人たちが話しあっているのを聞いていたけど、一時間もすると、エヴァンおじさんが呼びに来てくれて、いっしょに話を聞くことができた。

「そんなわけで、グレイソン。ライアンは、わたしたちの要求どおり、別のクラスに移ることになった。校長先生が、おまえがライアンと顔を合わせる機会が最小限になるように、とりはからってくれるそうだ」エヴァンおじさんは、校長先生を鋭《するど》い視線でとらえたまま、ぼくに言った。

「グレイソンは安心していていいんですね、校長先生」おじさんは念を押《お》した。

「もちろん」校長先生はうなずいた。ぼくの顔ではなく、自分の手を見ている。

「ライアンもタイラーも、きみに接近することを禁じられている。休み明けは一週間停学だし、停学が明けてからも、一度でも問題を起こせば退学と決まっている」

「グレイソン、それなら少しは安心できそうか？」おじさんはそれでも少し心配そうだ。

ぼくはうなずいた。

「それと、グレイソン」校長先生は、ぼくから目をそらしたまま続けた。

「陳述書《ちんじゅつしょ》に追加する文言はないんだな？　ライアンとタイラーはふたりできみを追いかけ、ふたりできみを階段からつきおとしたんだな？」

ぼくはろうかに目をやった。ジャックの部屋のドアが少しだけ開いている。

「はい、それでまちがいありません」

学校のろうかは人でごったがえしていた。ぼくがロッカーの前で足を止めると、ジャックは「じゃ、帰りにまた」と言った。ジャックもそこで足を止め、注意深くまわりのようすを確かめている。それから角を曲がって、七年生の教室がある棟《とう》のほうへ歩いていった。

ジャックのことは、どう考えたらいいんだろうか。

演劇の稽古《けいこ》がないから、帰りはバスでまっすぐ帰るだけだ。そんなつまらない生活があるだろうか、という気がしてくる。来年はどんな演劇をやって、だれが監督《かんとく》になるんだろう。ぼくはロッカーから教科書を出してバックパックにていねいに入れ、うつむきかげんで教室に入った。

席に着いて、ようやく顔を上げる。クラスメートがあちこちに立って、ひそひそ話しあっている。どきりとした。ミーガンの視線を追ってみると、教室の前方に校長先生がいて、横目でぼくたちを見ながら、若い先生にバインダーやファイルの山を手わたしているところだった。若い先生は真剣《しんけん》な顔でうなずきながら、校長先生の話を聞いている。

フィン先生はもういない。体から力が抜《ぬ》ける。

ミーガンがぼくのとなりに座ったけど、ぼくはまともに見られない。のどがかわく。心臓がどきどきする。ベルが鳴ると、校長先生が教室を出て、ドアを閉めていった。

教室は笑いと歓声《かんせい》に包まれた。けど、ぼくにはなにも聞こえない。耳には怒《いか》りの炎《ほのお》の音だけがひびいていた。せめて学年が終わるまでいてくれればよかったのに。さよならも言わずに行ってしまうなんて、ひどい。

新しい先生をぼんやりとながめた。先生は教卓《きょうたく》の前に出て、クラス全体を見まわした。紙飛行機が飛ぶ。自分の席に着いていない子もいる。ジェイソンとアッシャーはまだ机に座っている。

「みんな、こっちを見て」新しい先生が言った。しっかりした声だし、見た目にも落ちついている。計画どおりに授業を進めるぞ、という意志を感じる。話が続く。けど、聞いている生徒はごくわずかだ。

「長期の代理教員として六年生の人文学の授業を受けもつことになった、と夫に話したとき、なんでそんな無茶なことを、と言われました」

教室は少しずつ静かになってきた。だれかがくすくす笑っているのが聞こえる。

「どうして無茶なの、と聞いたら――」

みんなが自分の席にもどった。

「――六年生なんて動物みたいなものじゃないか、と言われたのです。でもわたしは、それをきっぱり否定しました。六年生は人間です。夫は、まあ覚悟《かくご》を決めてがんばれよ、と言ってくれました」先生は間《ま》を置いて、にっこり笑った。歯が白くて、歯並びがきれいだ。「そして今日が初出勤というわけです」

ぼくは周囲を見まわしながら、腕《うで》のギプスをなでた。

「わたしの名前はアンバー・ラベル」うしろを向いて黒板にフルネームを書いた。フィン先生とは全然ちがって、きれいでかっちりした字だ。

ラベル先生はまたこちらを向き、さっきより真剣《しんけん》な顔をした。

「みんなが混乱しているのはわかっています。いままで教わってきた先生が急にいなくなって、びっくりしたでしょうね。あいにく、わたしはそのあたりの事情をくわしく知りません。ただ、フィン先生は、いま取りくんでいる学課について、とてもくわしい報告を残してくださいました」分厚いバインダーを手にして、最初のページを開いた。しばらくそれに目を走らせる。その間、みんなが先生を見ていた。

「フィン先生の記録によると、今日は『アラバマ物語』についてディスカッションをやることになっていたようね。テーマは春休み前にみんなで決定済み、とのこと。ちなみに、『アラバマ物語』はわたしの愛読書のひとつよ」先生はにっこり笑ってから、またバインダーに視線を落とした。下くちびるをかみながら、なにかを読んでいる。

「なるほど。明日は大きなディベート大会をやる予定だったのね」そう言ってぼくたちを見た。先生の目はダークブルー。深い海の色だ。ぼくの耳にひびいていた炎《ほのお》の音は、いつのまにか消えていた。

先生は、黒板に向かった。茶色の革のウエスタンブーツと、紫《むらさき》色のロングスカートがかっこいい。名前のとなりに〝勇気〟と書いた。そして「はい、みんな、ノートを出して！」と言って、こちらを向いた。

教室に、ガサゴソという音がひびく。ぼくもバックパックに手をのばして、ノートと『アラバマ物語』を取り出した。

「みんな、教えて。この本の登場人物で、勇気があるのはだれ？　勇気がないのはだれ？」

だれも発言しない。

「ほら、はずかしがってないで！　勇気を持って答えてちょうだい」

まだ反応がない。しばらくすると、何人かがやっと手を挙げた。

「ありがとう！　待ったかいがあったわ！」ラベル先生は頭をのけぞらせて笑った。長い巻き毛がはずむ。「発言する前に、名前を教えてね」という声にまだ笑いが混じっている。うしろのほうの席を指さした。

「セバスチャンです」

ぼくはぱっとふりかえった。

「オーケー、セバスチャンね。どうぞ」

「勇気と不安は、切っても切れないものだと思います。勇気を持つというのは、なにか大切なことをやらなければならないのに不安に襲《おそ》われている、それでもやらなきゃならないことをやりとげる、そういうことだと思います」

ぼくはそれを聞いて、階段から落ちてたおれていたとき、校長先生の背後からぼくを見ていたセバスチャンの顔を思い出した。

「以上です」

ラベル先生はセバスチャンの顔をしばらく見つめていた。「すばらしい意見だわ」と言って、黒板に書いた。

〝不安に負けず、大切な行動を起こすこと。〟

ぼくは聞きながらノートをとった。時計を見た。八時五十三分。ニューヨークでは九時五十三分だ。窓の外を見て、思った。フィン先生はどうしているだろう。

36

その夜、夕食のあと、エヴァンおじさんがぼくの部屋に来た。ぼくは机に置いた科学の教科書をにらみつけていた。あんまり長くそうしていたから、文字が文字に見えなくなってきたところだった。

「グレイソン」おじさんはベッドに腰《こし》をおろした。「サリーおばさんに聞いたよ。今日は休み明けなのに、おもしろいことがなかったそうだね」

おじさんがなんの話をしたいのか、ぼくにはわかっていた。「うん。まあ、他人のことを気にしている場合じゃなさそうだし」そう言って視線を下げた。リビングからテレビの音が聞こえてくる。サリーおばさんがジャックに「宿題は終わったの？」と聞いている。

「困ったことはなにもなかったんだな？」おじさんが言う。

「うん」ぼくは答えながら、胸のネックレスに手をやった。「フィン先生がいなかった」

「そうか」おじさんは続けてなにか言いたそうだったけど、そのまま黙《だま》っていた。沈黙《ちんもく》が時計の針の音みたいに耳に刺《さ》さってくる。

しばらくすると、おじさんは立ちあがり、おしりのポケットから財布を出した。チケットを二枚取り出すと、またベッドに座った。「今日、同僚《どうりょう》のヘンリーが譲《ゆず》ってくれたんだ。今週末のシェイクスピア劇場。ヘンリーも奥《おく》さんも、出かけることになってしまってね。サリーおばさんは、シェイクスピアにはあまり興味がないそうだ。グレイソンを誘《さそ》ってみたら、と言ってくれた。『ロミオとジュリエット』だよ。土曜の昼の部だ」

ぼくは笑顔でうなずいた。「それ、すごくいいんだって」

「へえ、よく知ってるな。それもそうだ、おまえが興味を持つのも当然だよな。おまえの両親も演劇が大好きだった」

「そうなの？」

「ああ」エヴァンおじさんはぼくの部屋を見まわした。まるではじめて見るかのような表情だ。「子どものころ、わたしは、おまえのお父さんと仲がよかった。なんでもいっしょにやったものさ。親友だったんだ」ぼくには初耳だった。「だが大人になると、それぞれの道を歩むようになっていった」

ぼくはうなずいた。

「人生で最大の心残りは……」おじさんは眼鏡《めがね》をはずして顔をこすった。「いままでの人生でいちばん後悔《こうかい》しているのは、大人になってから、兄弟であまり話をしなかったってことだ。それぞれ結婚《けっこん》して、はなればなれになってしまった」と言ってまた眼鏡をかける。

「おまえとジャックを見ていると、同じだなと思うことがある」

ぼくはひざの上の両手を見た。

「おまえの両親は心から愛しあっていた」

「うん」

「おまえのことも、すごく大切にしていた」

「うん」

「グレイソン、先週おまえあてに届いた手紙がある」おじさんは立ちあがり、また財布を開いた。「サリーおばさんはわたさないほうがいいと……いや、おばさんはまだ気持ちの整理ができてないんだ。だがやはり、この手紙はおまえのものだと思う」

いままでにもらってうれしかった手紙といえば、ママからの手紙だけだ。一瞬《いっしゅん》、またママからの手紙かなと思った。だけどそんなはずはない。壁《かべ》の絵に目をやった。おじさんは財布から白い封筒《ふうとう》を取り出した。差出人のところにブライアン・フィネガンと書いてある。

ニューヨークからの手紙だ。

「フィン先生だ」

「ああ」それから、おじさんはちょっと考えてから言った。

「ひとりで読みたいだろう」もっとなにか言いたそうだったけど、おじさんは部屋を出て、そっとドアを閉めていった。
ぼくは長いこと封筒を見つめていた。中身を読めば、いなくなったフィン先生を許してしまうとわかっていたから。先生への怒《いか》りをもう少しだけ胸に抱《いだ》いていたい。でも、もうがまんできない。封筒をそっと開けた。

三月十八日
グレイソンへ
今夜のきみの演技はすばらしかった。きみを誇《ほこ》りに思う。学生時代に演劇を教わった先生が、よく言っていた。「リスクに代償《だいしょう》なんかない」と。だが、それはまちがいだった。代償はある。きみは思いきったことをした。いま、その結果に対処しているところだろう。リスクには代償がつきものなんだ。だが、これだけは言っておく。思いきったことをするには、それだけの価値がある。
グレイソン、ニューヨークに行くことをきみにきちんと話さなくて、すまなかった。さよならも言わずにお別れしてしまったね。わたし自身、いろんな感情にのまれてしまって、どうすることもできなかったんだ。
きみのことを悪く言う人がいる、きみはそう思って傷ついているかもしれない。だが、忘れないでほしい。世の中のほとんどの人はやさしい心を持っている。手をさしのべてくれる人を見つけなさい。そして、その手にたよりなさい。

今年、きみはすばらしいことを成しとげた。わたしはそのことを誇《ほこ》りに思う。グレイソン、これからもずっと、勇気を持ちつづけてほしい。

友情をこめて。フィネガンより

手紙を三回読んでから、ママからの手紙といっしょに、いちばん上の引きだしにしまった。フィン先生、どうして遠くに行っちゃったんだろう。大切な人が遠くに行ってしまうのは、もういやだ。手紙なんてもういらない。もう置いてきぼりにされたくない。


翌日の人文学の授業中、ぼくはラメ入りペンを手の中で転がしていた。だれかが窓を少し開《あ》けたせいで、生ぬるくて湿《しめ》った風が教室に入ってきた。空気が重い。外の景色は、緑がかった灰色。いまにも大雨になりそうだ。

「そろそろディベートに入ってもよさそうね！」生徒全員が席について静かになると、ラベル先生が言った。教卓《きょうたく》に身を乗りだして、フィン先生のバインダーを見る。

「ええと……。グレイソン、ハナ、ミーガン、ヘイリー、ライアン、セバスチャン、スティーブン、バート。準備はいい？」といって顔を上げる。

「ライアンはクラスが変わりました」だれかが言った。

「ああ、そうだったわね」先生は顔を赤くして、しばらく黙《だま》りこんでいたけど、やがて「それじゃあ、ライアン抜《ぬ》きでいいわ」と言った。「グループのメンバーはメモカードを用意して。ほかのみんな、ノートは出している？　忘れないでね、ディベート中は徹底《てってい》的にノートをとること。フィン先生から聞いていたかどうか知らないけど、これからやるディベートのテーマからひとつを選んで、レポートを書いてもらいますからね」

みんなが不満の声を上げる。ラベル先生は、にやりと笑った。

「レポートの締《し》め切りは来週末。読むのが楽しみだわ！」

雷《かみなり》が鳴っている。風も強くなった。みんなが小声でなにか言いながら、ゆれる木々を指さしている。ぼくはメモカードを出そうとして、バックパックの中を探した。強い風が教室をふきぬける。フィン先生が掲示《けいじ》板にはりつけた詩や物語が、ぱたぱた音を立てた。こんな壁《かべ》にはりついているのはいやだ、と言っているみたいだ。アミリアがそばの窓を閉めた。掲示板の紙は元のようにおとなしくなった。

メモカードはフォルダーにはさまっていた。それを取り出すと、ぼくはまた、フィン先生の手紙のことを考えはじめた。マーラはフィン先生のことを〝りっぱな人〟と言っていた。

どういうわけか、ランデン先生の言葉も思い出される。

〝理想どおりのものを作りあげるには、その前に一度すべてをぶちこわさなければならないってこともあるのよ〟

「ほら、第一班、どうしたの？　出番よ！」とラベル先生は言って、採点帳を開いた。

「メモカードが見つからなくて」バートが言った。スティーブンとセバスチャンが立ちあがり、バートのバックパックをいっしょにさぐりはじめた。ぼくはその向こうに座っているアミリアを見た。アミリアもぼくを見る。口を動かしはじめた。ぼくは目をそらした。アミリアは、ミーガンやハナやヘイリーになにか内緒《ないしょ》話をしようとしているんだろう。それを盗《ぬす》み見ているなんて思われたくない。けど、はなれた席同士でいったいなにを話しあっているんだろう。気になってミーガンやハナを見てみたけど、みんなの目は、アミリアではなくメモカードを見ている。もう一度アミリアを見た。アミリアはぼくになにか言おうとしていた。

ぼくはアミリアのくちびるに目をこらした。

〝演劇、とても、よかったわ〟アミリアはそんなふうに口を動かして、にっこり笑った。背後では雨が窓ガラスを激しくたたきはじめた。ぼくは笑顔を返した。

「メモカード、ロッカーにあるのかも」バートがラベル先生に言った。

「わかったわ、じゃあ見ていらっしゃい」先生がそう言うと同時に、近くに雷《かみなり》が落ちた。みんなが悲鳴を上げた。

ぼくはメモカードをめくりながら、ジャックのことを考えた。春休みの間、あまり話をしなかった。ジャックはいつもより物静かだった。ジャックに話しかけたいという気持ちはあった。演劇のあったあの日、どうしてろうかのあの場所からいなくなってしまったのか、聞きたいとも思った。でも、話しかけなかったし、聞かなかった。あのとき——ジャックはぼくを助けようとしていたんじゃないだろうか。春休みの間、ずっとそんなことばかり考えていた。そして、それがどういう意味なのか考えていた。

グランドキャニオンでぼくの手首をつかんでくれた、ジャックの手。あの手がぼくの心によみがえってきた。野球の練習のせいで、たこだらけになった手の感触《かんしょく》。びっくりしたなあ、という笑みをうかべて、ぼくの腕《うで》をつかんで引っぱってくれた手の力。いつもぼくの一歩先に立って道路をわたり、公園に連れていってくれたうしろ姿。体育館用シューズからのぞくやせぎすの足首。キッチンのシンクの前に立って、ラズベリーを食べている姿。友だちと枕《まくら》投げをしていたとき、赤い枕を手わたしてくれたときの顔。湖にはまって、つるつるすべるボートの縁《ふち》に必死につかまっていたときの表情。髪《かみ》から水がしたたって、目に入っていた。ジャックはそれでも笑いながら、いっしょに落ちたぼくに手をさしのべてくれた。

手を挙げた。

「グレイソン？　どうしたの？」ラベル先生が言った。

「トイレに行ってもいいですか？」

「いいわよ。急いでね」

立ちあがり、教室を出た。ろうかにはだれもいない。閉まったドアごしに、授業中の声が聞こえてくる。ロッカーのとびらにつけられた名札がななめになっている。といっても、それは残っているものだけで、ほとんどの名札は何か月も前から落ちてなくなってしまっている。冷水器の前で立ち止まった。水がぽたぽたたれて、下に置かれた黄色のきたないバケツにたまっている。しばらくそこに立って、まわりの音に耳をすませた。

トイレのドアがふたつ並んでいる。〈男子〉と〈女子〉。何度も何度も見比べた。ペイジの背中が講堂のそばの女子トイレに消えていった瞬間《しゅんかん》が思い出される。いっしょに入っていきたい、そう思ったあのときの気持ちもよみがえって、胸が苦しくなった。

男子用トイレに入った。だれもいない。便器はきたないし、おしっこのにおいがしみついている。その前を通りすぎて、個室に入った。腕にギプスがついているのでやりにくかったけど、シャツをなんとかぬいで、下に着ていたピンクのTシャツもぬいだ。スパンコールのハートがついているやつだ。寒くて凍《こご》えそうだ。両手がふるえる。ピンクのTシャツをひざの間にはさんで、上のシャツを着た。それからピンクのTシャツの身ごろに両腕《うで》を入れて、生地をのばした。乾《かわ》いたギプスの表面がTシャツの生地にひっかかる。それでも生地を引っぱって、なんとかTシャツを上に着た。自分の胸を見おろす。

トイレの個室を出て、縦長のきたない鏡の前に立った。百万年前からずっとよごれたままみたいだ。四すみや、端《はし》には赤いさびもついている。緑色の油性ペンで鏡いっぱいに描《か》いた落書きもある。

これまでずっと、男の子の服を着てきた。けど心の中ではいつも、これは女の子の服なんだと、自分に言いきかせていた。まわりのみんなにも、グレイソンは女の子だと思ってほしかった。だって、ほんとうに女の子なんだから。

ポケットに入れていた小さなヘアクリップをふたつ取り出して、耳のうしろにきちんとつけた。髪《かみ》を整えて、トイレのドアを開け、ろうかに出た。教室のドアは閉まっていた。しばらくドアの前に立ちどまり、ドアの窓から中を見た。バートはメモカードを見つけたようだ。セバスチャン、スティーブン、ミーガン、ハナ、ヘイリー。グループのみんなが教卓《きょうたく》の横に並んで、ラベル先生としゃべったり笑ったりしている。全員そろうのを待っているんだ。ドアノブを見おろした。こわい。けど、負けない。

わたしは、ドアを開けて教室に入った。

解説　ぼくが彼《かれ》と手をつなぐ日

松中　権

この物語を読みすすめていくうちに、中学生のころの自分に、タイムスリップしたような感覚になっていました。もしだれかに知られたら、変な人だと思われてしまう。ばかにされたり、気持ち悪がられたり、いじめにあうかもしれない。だれにも言えない、ぼくの秘密。それは、同じクラスのサッカー部の男子への気持ちでした。

教科書を読むふりをして、ななめ前に座る彼の背中をながめてみたり。女子たちからバレンタインデーのチョコをもらう姿に、胸がぎゅーっと苦しくなったり。河川敷《かせんじき》を、彼と仲良く手をつないで歩きたいなと想像したり。

友だちにも、先生にも、家族にも相談することもできず、「男子が男子を好きになる？ありえない」「友情が強いだけかも？　いつかは治る」「こんな存在、ぼくだけなんだ」と、いつしか自分の気持ち、自分自身を否定するようになっていました。まわりを気にして、三人兄弟の明るい二男坊《ぼう》を演じながら、びくびくと暮らす毎日。あのころ、フィン先生やペイジのように、ぼくのことをそっと受けとめて、守ってくれる人が、となりにいてくれたならと思います。

さて、家族のジャックや学校の子どもたちが、グレイソンのことをゲイと呼ぶシーンがありましたが、ぼくの「サッカー部の彼と手をつなぎたい！（自分は、男の子として男の子が好きだ）」という思いと、グレイソンの、「スカートをはきたい！（自分は、女の子なんだ）」という思いは、ちがいがありますし、悩《なや》みもちがいますよね。

グレイソンは、生まれた時の体の性は男性（Male）ですが、自分のことをどんな性だと認識しているか（性自認《せいじにん》）については女性（Female）である、トランスジェンダー女性（もしくはMTF：Male to Female）だと思われます。「思われる」と書いたのは、性自認や性的指《せいてきし》向《こう》（好きになる気持ちがどちらの性に向いているか）とは、だれかが勝手に決めつけたり、おしつけたり、否定したりできるものではなく、本人が心で感じることだからです。また、人によって気づく時期もさまざまですし、変化する場合もあります。

グレイソンは、周囲の人たちの理解と本人の勇気もあり、カミングアウト（自分の性自認や性的指向などを公にする）をして、自分らしく生きる道を選択《せんたく》しました。このあと、学校を卒業して、社会に出て、関わる人が変わると、もしかしたら温かく受けとめてくれる環境《かんきょう》ではないかもしれません。心ない発言や物理的な攻撃《こうげき》を受ける可能性もあります。カミングアウトは絶対にすべきということではなく、状況やタイミングによっては、カミングアウトしないことも選択肢《せんたくし》です。それは、恥《は》ずかしいことでも、かっこ悪いことでもありません。

でも、なにより大切なことは、だれにも言えずに悩《なや》みをかかえている人が、自分のとなりにいるかもしれない、という想像力を持って、一人ひとりが暮らすこと。LGBTQ+などマイノリティは、たまたま、多くの人とはちがっている部分があるだけで、変なことでも、異常なことでも、まったくありません。多くの人とちがうから、という理由でからかったり、いじめたりせずに、性自認や性的指向も個性のひとつとしておたがいを受けとめ、それぞれを尊重し、大切にしあう。そうして、みんなが、自分らしく生きることに自信と誇《ほこ》りを持てる社会を、いっしょに目指していけるといいですよね。ぼくも、仲間たちと団体をつくって、LGBTQ+も、そうではない人もいっしょに楽しめる、そんな場所づくりをしています。

もし、この本を読んだあなたが、いままさに悩んでいることがあれば、自分ひとりでかかえないでも、だいじょうぶ。世界中に、同じ悩みを乗りこえて生き生きと暮らしている人、理解し応援《おうえん》してくれる人がたくさんいます。まわりに知られることなく電話で相談できるところもあります。ちょっとだけ、一歩前に踏《ふ》みだしてみてください。カラフルな世界が、意外と身近なところに広がろうとしています。

エイミ・ポロンスキー

アメリカ、シカゴ育ちの作家。学校教師。
今作品（原作タイトル「Gracefully Grayson」）が、
2016年の全米図書館協会
「レインボー・ブック・リスト」に選ばれる。

西田佳子（にしだ よしこ）

名古屋市出身、東京外国語大学英米語学科卒業。
訳書に『わたしはマララ』（金原瑞人氏との共訳／学研）、
『すごいね！　みんなの通学路』（西村書店）、
「警視キンケイド」シリーズ（講談社）他多数。

まめふく

イラストレーター。『波うちぎわのシアン』（偕成社）、
『風鈴』（Amazon Publishing）挿絵他、
文具・雑貨などのイラストを中心に活動。

松中 権（まつなか ごん）

認定NPO法人グッド・エイジング・エールズ代表。
一橋大学卒業後、電通入社。2010年、NPO法人を
仲間たちと設立。2017年電通を退社し、
LGBTQ+と社会をつなぐ場づくりを中心とした活動や、
将来に向けたプロジェクト等に取り組む。

ぼくがスカートをはく日

2018年 8 月14日　第 1 刷発行
2024年 6 月28日　第 5 刷発行

著　エイミ・ポロンスキー
訳　西田佳子
解説　松中　権
絵　まめふく
デザイン　名久井直子

発行人　土屋徹
編集人　芳賀靖彦
企画編集　松山明代　皇甫明奈
編集協力　川口典子　上埜真紀子
ＤＴＰ　株式会社アド・クレール
発行所　株式会社Gakken
〒141-8416 東京都品川区西五反田 2-11-8
印刷所　図書印刷株式会社

この本に関する各種お問い合わせ先
●本の内容については、下記サイトのお問い合わせフォームよりお願いします。
https://www.corp-gakken.co.jp/contact/
●在庫については　Tel 03-6431-1197（販売部）
●不良品（落丁、乱丁）については　Tel 0570-000577
学研業務センター　〒354-0045　埼玉県入間郡三芳町上富 279-1
●上記以外のお問い合わせは　Tel 0570-056-710（学研グループ総合案内）

NDC933　296P